UN OURS TOUT SUCRE TOUT MIEL

ROMANCE DRÔLE ET SENSUELLE À KINSHIP COVE

COMPAGNONS & MACARONS

ELLIS LEIGH

EBook ISBN: 978-1-954702-54-7
Paperback ISBN: 978-1-954702-55-4

Correction de la version originale : Lisa Hollett, Silently Correcting Your Grammar, LLC
Couverture par : Kinship Press
Traduit par : Valentin Translations
Pour toute demande, contactez ellis@ellisleigh.com

CHAPITRE 1

MADELEINE

LES GENS ACHÈTENT N'IMPORTE QUOI. J'AURAIS DÛ LE savoir, j'avais acquis une maison délabrée qui essayait de me tuer à l'occasion, et je vendais des choses que la plupart des personnes n'auraient jamais montrées au reste du monde. Ou peut-être qu'ils le feraient s'ils étaient au courant qu'il existait un marché pour de tels objets. S'ils apprenaient ce que des hommes apparemment désespérés seraient prêts à payer pour poser leurs mains dessus.

Peut-être.

D'accord, probablement pas.

Cette pensée me traversait l'esprit alors que je transformais le glaçage à la crème pâtissière en un tourbillon à l'aspect de fourrure. Je ne pouvais pas me concentrer sur l'aspect moral du commerce ni sur le gâteau que je devais finir. Mon téléphone n'avait pas arrêté de sonner de tout l'après-midi pour m'avertir de nouvelles offres sur ma dernière mise en vente. Des enchères qui voulaient dire que ce serait une journée très rentable pour moi. Chaque dollar gagné relâchait la pression qui pesait sur mes épaules, calmait un peu plus la panique avec laquelle j'avais vécu dans le cœur ces six derniers mois. Quelques ventes comme celle-ci toutes les semaines, et je pourrais respirer à nouveau normalement dans quelques mois. Tant que je parvenais à… écouler des articles.

Acheter et vendre faisait tourner le monde, et j'avais trouvé une niche spéciale qui rémunérait bien pour ce que je jugeais être une petite dépense de temps et d'énergie. Mais ce n'étaient pas les gâteaux et les cookies que mes sœurs et moi confectionnions à la pâtisserie *Un amour de gâteau*. Non. Enfin, ils s'écoulaient bien, mais avoir un petit commerce coûte cher, et nous étions trois à le gérer. Si j'avais vraiment besoin d'argent, et j'en avais besoin, de beaucoup d'argent, je devais me lancer de mon côté. Alors, j'ai sauté le pas. Avec un succès fou. Mais je ne pouvais pas révéler mes activités à mes sœurs.

En parlant de sœurs, il se passait quelque chose avec les miennes. Coco… eh bien, elle venait d'avoir le cœur brisé ce matin-là. Ginger et moi avions dû aller jusque chez elle et lui tirer les fesses du lit, mais elle n'avait pas envie d'être au travail pour autant. Les macarons qu'elle préparait pour le dîner de répétition d'un mariage important seraient terminés à temps, mais elle était complètement abattue en les faisant. Elle était déprimée d'être dans la cuisine. Ou… d'exister. La pauvre fille.

Contraste frappant, Ginger n'avait pas l'air le moins du monde malheureuse. Plutôt irritée ou presque nerveuse. Elle n'avait jamais eu l'air aussi anxieuse, alors ça me paraissait vraiment bizarre. Quoique, Coco ne ressemblait jamais à un zombie non plus quand elle façonnait des cookies. Elles étaient toutes les deux complètement différentes. Et moi ?

J'essayais de soutenir tout le monde, tout en vendant des trucs sur Internet pour lesquels je n'aurais jamais cru que des gens puissent payer. Mais, qu'ils soient bénis, ils les voulaient.

Moi : Deux minutes avant la clôture des enchères. Qui va gagner ?

Une rafale de mises arriva, les gens surenchérissaient les uns après les autres – et une augmentation de cinq dollars ! Pendant ce temps, je réalisais de la sculpture avec le nappage à la crème au beurre et je comptais combien il m'en manquait pour parvenir à ce qu'il me fallait.

Les 3 500 $ pour la réparation du toit qui devait, avec un peu de chance, empêcher que du plâtre mouillé me tombe sur la tête dans le couloir de l'étage.

Ensuite, les 7 000 $ pour la nouvelle fenêtre pour que les oiseaux ne viennent plus boire mon café avec moi le matin.

Plus les 20 000 $ pour la rénovation de la plomberie afin que je puisse prendre des douches chaudes à la place de mes douches froides quotidiennes.

Ça représentait… beaucoup d'argent. Bien plus que ce que je gagnais en une seule enchère. Mais avec tout ce que je vendais et chaque mise qui augmentait le prix de mes articles, j'avais un peu diminué le total exorbitant. Un jour, tout cela en vaudrait la peine. Je l'espérais.

Le chronomètre sur mon téléphone se fit entendre, indiquant que l'enchère était close. Je vérifiai mon écran et me mis presque à danser de joie. Quatre chiffres. Pas une somme moyenne ni presque quatre chiffres, mais quatre vrais chiffres. Des sous, des sous, des sous.

Moi : Enchère officiellement terminée. Merci à tous d'avoir participé, surveillez la prochaine vente dans les tout prochains jours.

Je jetai un œil au profil du gagnant, un homme de la ville d'à côté qui avait été un de mes premiers et plus fidèles clients depuis que j'avais commencé cette expérience commerciale un peu folle. Il voulait récupérer le colis en mains propres. Habituellement je préférais envoyer mes marchandises (beaucoup moins bizarre), mais pour ce gars… Je faisais des exceptions. Il avait été un de mes tout premiers clients et n'avait jamais rechigné sur aucun prix. Il avait presque entièrement payé le nouveau disjoncteur que j'avais installé quelques mois plus tôt après qu'un incendie d'origine électrique avait détruit ma maison. Qui pouvait savoir que les vieilles bâtisses n'étaient pas prévues pour supporter une machine à café et un chargeur de téléphone en même temps ? Dieu merci, je n'avais pas fait de folie comme allumer toutes les lampes de la maison en même temps.

L'horreur.

J'avais peut-être été un peu amère à cause de tous les ennuis que cette baraque m'avait causés depuis que j'avais signé pour l'acheter à un prix démentiel. Cet endroit était devenu le fléau de mon existence, l'excès auquel je n'aurais jamais dû céder. La seule chose à laquelle je ne pouvais pas échapper à cause de ce qu'elle représentait, et en même temps, la corde nouée autour de mon cou.

Des incendies, des tuyaux cassés, un toit qui n'arrêtait jamais de fuir… Si quelque chose pouvait mal se passer, alors cela survenait. J'appelais la maison Matilda, et elle détestait visiblement mon courage.

Mon téléphone s'alluma à cause d'une alerte du site sur lequel je réalisais mes ventes.

. . .

Acheteur : Êtes-vous actuellement disponible pour un échange ? Je sais que c'est de dernière minute, mais je suis déjà sur le chemin. J'ajouterai 100 $ pour la demande rapide.

Je glissai un regard en direction de Coco. Elle aurait aussi bien pu être dans son propre monde, vu l'attention qu'elle nous portait. Et Ginger ? Elle s'acharnait toujours sur de petits gâteaux qui deviendraient certainement trop mous pour être mangés. Quelle idée de battre la pâte comme si elle voulait la tuer. Elle ne verrait pas non plus si je me tournais et sortais par la porte de derrière. Il était l'heure de se faire un peu plus d'argent.

— Eh bien, ces oreilles vont devenir plus pointues qu'elles ne l'ont jamais été et ne le seront jamais. Je croyais que le gâteau était prêt, mais ce petit tourbillon gris en plus le rend vraiment parfait. Pas vrai ?

Je reculai d'un pas pour m'éloigner de la pâtisserie du marié, un énorme loup en trois dimensions assis et hurlant, et hochai la tête une fois.

— Oui, parfait. Tu le livres ce soir, tu t'en souviens ?

Le visage de Ginger était beaucoup trop expressif. Je voyais chaque regard, je devinais chaque pensée qui traversait sa jolie tête. De l'irritation, probablement parce que je lui avais rappelé quelque chose. Encore. De l'attention, parce qu'elle se remémorait sans doute toutes les fois où elle avait omis une tâche aussi simple. Et puis de la résignation. Elle avait zappé. Je le savais ; elle le savait. Si Coco y avait prêté plus attention, elle aurait été au courant. Mais Ginger n'était pas du genre à s'avouer vaincue.

— Je n'oublierai pas.

Faux. Cette fois, je n'avais pas le temps d'en discuter. Je lui ai lancé un regard qui signifiait « bien sûr que tu n'oublieras pas ! », avant d'emporter le chariot sur lequel était assis le gâteau en forme de loup dans le réfrigérateur de plain-pied. Le foutu machin était bien trop lourd pour aller ailleurs. Honnêtement, j'étais inquiète de savoir comment Ginger s'y prendrait pour seulement arriver au dîner de répétition, mais pas assez pour m'empêcher de finaliser ma vente. Cent dollars de plus pour une livraison rapide ! J'avais besoin de cet argent, et mon client avait besoin de ma marchandise.

Le commerce était une activité glorieuse.

Dès que j'en eus fini avec la pâtisserie, je me glissai dans la cuisine puis dans la boutique. C'était le jour où l'on fermait plus tard, le seul soir de la semaine où l'on restait ouvertes jusqu'à l'heure du dîner. Ce n'était pas nécessaire ; très peu de gens venaient pendant ce créneau. Nous avions amplifié les horaires d'ouverture en fin de semaine pour les touristes, mais nous commencions tellement tôt pour nous occuper de la foule qui venait prendre un café ou le petit-déjeuner qu'il n'y avait rien de surprenant à ce que nous fermions de façon anticipée. Nous poursuivions l'accueil assez tard le jeudi pour accrocher les travailleurs qui habitaient la périphérie de la ville et qui rentraient chez eux après le boulot.

Je croisai un homme au niveau des portes battantes, qui marchait d'un pas déterminé en direction de Ginger. Plus vieux qu'elle, beau, svelte, mais musclé, il pouvait très bien créer un bouchon si tous les automobilistes étaient des femmes hétérosexuelles à la recherche d'une belle créature avec laquelle s'amuser. Exactement ce qu'il fallait à ma sœur, plus sauvage que moi. Je préférais mes compagnons un peu plus... volumineux. Un peu plus agressifs dans leur apparence.

Un peu plus comme celui qui parlait à notre préposé au service client.

Jericho.

Ni plus ni moins que le maire de Kinship Cove.

Ni plus ni moins que mon oncle, mais seulement par alliance, ce qui le rendait incontestablement désirable et pourtant malheureusement inatteignable.

— Non, non, il y en a plus qu'assez. Je dois courir dans les bois de plus en plus longtemps à cause de ces choses-là.

Il tapotait son ventre aux nervures déroutantes, et mon cerveau dérapait à la pensée de ce que ça ferait d'avoir tous ces délicieux muscles sous le bout des doigts et contre mes lèvres.

— Pourquoi vos brioches au miel sont-elles si bonnes ?

Comme s'il ne pouvait pas les refuser. C'était un homme de contrôle. Chaque aspect de sa vie, chaque aspect de sa personnalité. Je devais le savoir, j'avais essayé de lui faire baisser la garde et avais misérablement échoué.

Misty me lança un sourire, un de ceux qui montraient beaucoup trop ses dents pointues à mon goût, semblables à celles d'un renard. Un rictus qui ne m'inspira pas confiance sur le moment.

— Madeleine les prépare *spécialement* pour vous tous les matins.

Oui. Absolument pas digne de confiance. Elle savait que j'étais attirée par le maire, tout comme elle connaissait son refus catégorique de quoi que ce soit de plus que de l'amitié entre nous. Et pourtant, elle n'arrêtait jamais de se prendre pour une sorte de subtile entremetteuse. Si jamais ça avait fonctionné, j'aurais dit que c'était un génie du mal. Puisque ça n'avait jamais été le cas, je la considérais comme une sadique.

Jericho me regarda et planta ses yeux d'ambre dans les miens. Tout mon monde devenait flou autour de lui. Pourquoi ? Pourquoi mon cerveau, mon cœur et mon âme l'avaient choisi, lui, comme l'homme idéal pour moi ? Pourquoi, alors que j'étais consciente que je ne pourrais jamais l'avoir ? Qu'il ne voulait pas de moi ? Il ne m'avait jamais vue comme une femme, seulement comme la petite Maddy, la plus mignonne des sœurs Chance. La discrète. La véritable vierge. Oui, c'est ce que mes frangines croyaient. Jericho pensait probablement la même chose. J'étais trop jeune pour lui, trop innocente.

Si seulement il me connaissait.

— C'est toi qui les fais ? me demanda Jericho, sa voix un peu plus basse qu'avant.

Un tout petit peu plus sauvage. Ou peut-être que c'était simplement ce que j'espérais. Il est difficile de se séparer de ses fantasmes.

— C'est moi, confirmai-je, en essayant de m'efforcer de ne pas m'approcher de lui. Je les réalise tous les matins parce que je sais que ce sont tes préférés.

— Eh bien, je vais prendre les six.

Il sourit et me tira un rictus complice, lorsqu'il ajouta :

— Je ne peux pas laisser ma Maddy travailler pour rien.

Mon sourire… s'évapora. Maddy. Je détestais ce surnom presque autant que je haïssais les stupides abdos bien dessinés et le torse sculpté auxquels s'accrochait sa chemise. Et ses larges épaules. Et oh, ces avant-bras épais. Sérieusement, cet homme était du pur muscle. Il y avait tellement d'endroits à lécher. Et je les détestais tous.

— Super, lançai-je un peu trop vivement avant de rediriger mon attention vers Misty. Je suis consciente qu'il reste vingt minutes avant la fermeture, mais je dois partir.

— Partir ? répéta-t-elle, l'air tout à fait surpris. Pour aller où ?

— J'ai une course à faire.

— Donc tu ne vas pas aider Ginger à livrer le gâteau pour le dîner de répétition ?

— Elle n'oubliera pas.

Si le regard que me jeta Misty avait pu parler, il aurait dit *Tu es une idiote si tu crois ça.* Et elle avait raison.

— Seulement… Rappelle-le-lui.

— Oui, d'accord. Ça ira.

Misty donna à Jericho un sac rempli des petits plaisirs que j'avais mis des mois à concevoir pour lui.

— Et voilà, monsieur le maire. Bon appétit.

— Merci. Une course ?

Il baissa le sourcil, et me fixa avec ses yeux marron doré que je trouvais toujours si fascinants.

— Est-ce que je peux vous aider ? Je serais ravi de faire tout ce qu'il faut pour m'assurer que vous ne manquiez de rien, les filles.

Ses mots m'énervèrent, car il était clair que ce dont j'avais besoin ne l'intéressait pas, il n'y avait pas si longtemps. J'étais ivre le jour où je m'étais offerte à lui après ce que j'appelais désormais « le soir où le ciel m'est tombé sur la tête… littéralement », mais je me souvenais de son refus. Son refus verbal et physique parfaitement clair.

Son rejet.

Je me le rappelais et j'avais encore mal de l'humiliation qu'il m'avait causée.

— Ce n'est pas quelque chose dont tu peux t'occuper, mais merci. Profite de tes brioches.

Mais alors que je me tournais pour partir, Jericho me héla :

— Maddy, attends.

Je fermai les yeux et pris une profonde inspiration, j'avais besoin de m'échapper. De m'enrouler dans le grognement de sa voix et d'y vivre. Besoin… de tellement plus que ce qu'il n'accepterait jamais de me donner.

— Oui ?

— Tout va bien avec la maison ? (Il toussa, ce qui couvrit parfaitement mon cri de surprise.) Je veux dire… Je m'inquiète de te savoir seule dans cette grande bâtisse très vieille.

Sa résidence de famille. Celle dans laquelle sa grand-tante nous avait prises, mes sœurs et moi, après la mort de nos parents. Celle qu'il aurait laissée être détruite si je ne l'avais pas achetée.

La baraque qui me détestait pour des raisons inconnues.

Je soufflai un petit rire, sans me retourner. Incapable de le regarder dans les yeux au moment de déclarer :

— Matilda va bien. On va bien. Tout va bien.

Tout, à peu près, allait mal, mais il était hors de question de lui avouer ça.

— Bien. D'accord, eh bien… si jamais tu as besoin d'aide…

— Ce n'est pas le cas, mais merci.

Et sur ce, je me précipitai de nouveau dans la cuisine, loin de l'homme qui hantait chacune de mes pensées matinales, et même celles de la nuit, depuis des années. Personne d'autre ne l'avait jamais égalé ; personne d'autre n'avait jamais autant compté pour moi. Je doutais que cela puisse un jour arriver. Mais Jericho avait édicté les règles la seule fois où je lui avais raconté ce que je désirais. Il m'avait coupée au milieu de ma phrase pour me rappeler qu'il avait toujours été là pour moi… et mes sœurs. Qu'il serait toujours Oncle Jericho.

Je ne l'avais pas souhaité comme un oncle ce jour-là, et je ne le voulais toujours pas de cette manière à cet instant.

Mais cette fois-là, le jour horrible de mon humiliation, il m'avait dit autre chose. Il m'avait rappelé d'être prudente dans une ville pleine de métamorphes. Ces hommes viendraient renifler dans les alentours un de ces quatre, et j'étais assez douce pour que certains me trouvent irrésistible. J'avais pris la chose très au sérieux. Et quand ces types étaient venus fouiner dans les parages ? J'avais trouvé un moyen de capitaliser ma force d'attraction et de gagner de l'argent que je n'aurais jamais obtenu dans la pâtisserie.

J'attrapai mon sac et courais jusqu'à ma voiture garée à l'arrière de la boutique. Mes sœurs auraient probablement été abasourdies de savoir ce que je m'apprêtais à réaliser, et Jericho aussi. Enfin, il aurait détesté. Il aurait certainement pensé que c'était trop dangereux et vulgaire. Trop croustillant pour la mignonne petite Maddy et son esprit innocent.

Il avait tort, et c'était vraiment dommage. J'avais une maison à réparer, une maison que j'avais achetée seulement pour le lien qu'elle constituait entre lui et moi, et quelque chose à faire comprendre clairement. Jericho m'avait dit que des hommes viendraient renifler dans les parages, et ils s'étaient pointés. Mais au lieu de leur donner rendez-vous, je leur avais vendu ce qu'ils voulaient.

Ce qui les poussait à saliver.

Tout ça parce que Matilda devait être remise entièrement à neuf.

Une fois dans la voiture, je sortis mon téléphone et répondis enfin à mon client.

Moi : Je me rends au lieu de rendez-vous.

Acheteur : Et vous les portez toujours actuellement ?

Respire profondément. Ce n'est que du commerce. Ne te demande pas ce que ça change.

Moi : Bien sûr.

. . .

Acheteur : On se voit dans un quart d'heure.

Je mis mes lunettes de soleil et lançai mon portable dans l'habitacle. Quinze minutes pour traverser la ville. Trois de plus pour retrouver l'acquéreur et lui donner le produit. Encore dix pour arriver chez moi. Une demi-heure, et je pourrais être à la maison, prête à prendre un bain. Un bain tiède, mais ainsi va la vie avec Matilda. Ça importait peu de toute façon, j'avais besoin de trouver un moyen de me détendre après le chaos de ces derniers jours.

Mais d'abord, je devais rencontrer mon client. Hors de question de le décevoir en étant en retard. J'avais une réputation professionnelle à tenir.

Vendre les sous-vêtements que j'avais portés toute la journée représentait une affaire sérieuse, et l'argent que j'y gagnais me sauverait avec un peu de chance de la colère de Matilda. Un jour. Mais en attendant, cette entreprise devait rester un secret pour mes sœurs, pour les clients de la pâtisserie et pour Jericho.

Surtout pour Jericho.

CHAPITRE 2

MADELEINE

Dans la partie la plus reculée de la ville, juste avant le quartier industriel qui s'arrêtait au niveau du quai où les bateaux de pêche se balançaient sur l'eau, il y avait une petite librairie d'où sortait à travers les fenêtres la plus parfaite lueur dorée. J'avais passé toute mon enfance dans le magasin, beaucoup de jours pendant mon adolescence aussi. C'était presque ma troisième maison après Matilda et la pâtisserie. J'en éprouvais chaque centimètre, coin et recoin. Je connaissais la vieille dame derrière la caisse et la jeune femme qui s'occupait de la vente de thés venus du monde entier et de nos pâtisseries. Je connaissais l'endroit par cœur, c'est pour cela que je l'avais toujours choisi pour voir ce client spécial.

L'idée de vendre les sous-vêtements que j'avais portés m'était venue de la façon la plus étrange. J'avais exploré le profil Facebook de Jericho, chose à laquelle je m'adonnais toujours, malheureusement, même s'il n'y avait rien posté de personnel, quand une petite publicité sur le côté droit de l'écran avait attiré mon attention. Cela parlait d'opportunités de travailler depuis chez soi. Je venais de trouver une nouvelle fuite dans le toit de Matilda et je n'avais toujours pas remplacé la chaudière qui avait lâché à la toute fin de l'hiver. Je cherchais désespérément de l'argent, alors j'ai cliqué sur l'encart. Après trois heures et une sérieuse réflexion, je m'étais inscrite sur un site où je pouvais vendre mes sous-vêtements portés ou de la lingerie, j'avais ajouté ce que je considérais être une photo de moi innocente et sexy, ayant l'air aussi virginale que possible, et écrit une bio qui, je l'espérais, attirerait beaucoup de clients. Tout le monde me trouvait toujours mignonne, autant en jouer un peu.

Au bout de trois jours, je m'étais rendu compte du nombre d'hommes qui adoraient cette histoire de « mignonne ». Trois jours pour conclure ma première vente, surpassant toutes mes attentes sur les prix que le marché tolérait. À partir de là, ce fut un effet boule de neige. Mes qualités de commerçante avaient porté leurs fruits, et ma petite affaire supplémentaire avait décollé mieux que je n'aurais jamais pu l'imaginer.

Loués soient les fabricants de dentelle et de satin.

En général, j'expédiai par colis le *produit* aux clients dans tout le pays, mais quelqu'un de la région m'avait trouvée sur le site. Quelqu'un qui payait plus pour s'assurer que les sous-vêtements avaient été portés et pour que je les lui livre moi-même. Quelqu'un qui se gara à deux places de moi au moment où je descendais de ma voiture.

— Salut, Fanny.

Parce que mon vrai nom était trop personnel, et que c'était dangereux qu'il le connaisse.

— Ryder.

C'était impossible que ce soit son vrai nom. Qui appelait son fils Ryder, à moins que leur nom de famille soit Flynn ? Et même là, Eugene aurait été plus approprié.

Il ne s'appelait pas Ryder, pas Eugene non plus. Et là encore, je n'étais pas Raiponce.

Ryder-Pas-Vraiment-Ryder me suivit dans la librairie, à l'étage, et jusqu'au fond de la boutique, discutant simplement de sa journée et du trajet à travers les montagnes. Il ne venait pas de Kinship Cove et, d'après ce que je lui avais raconté, moi non plus. La boutique se trouvait seulement à mi-distance pour chacun. Je n'avais jamais précisé dans quelle ville j'habitais, simplement au cas où. Mener une double vie vous oblige à penser à tous les détails afin qu'ils ne vous piègent pas. Ne rien indiquer de trop précis évitait les erreurs par la suite.

— Alors, dit-il dès qu'on arriva dans le coin discret au fond de la boutique où nous conduisions toujours nos transactions. Vous les avez portés toute la journée ?

Je levai presque les yeux au ciel. Toujours si nécessiteux.

— Depuis hier soir, comme l'annonce le stipulait, j'ai dormi avec et tout.

Il poussa peut-être un gémissement, et il est possible que j'eusse un frisson en entendant cela, cependant je m'efforçai de le retenir. J'essayais de ne pas lui montrer à quel point tout cela semblait bizarre. Peu importait, il avait de l'argent dans les mains, et j'avais une fenêtre à remplacer. Et un toit super nul qui continuait de fuir même après que j'eus payé pour le rénover. Et des problèmes de tuyauterie. Matilda me noyait sous les frais, et Ryder-Pas-Vraiment-Ryder était le gilet de sauvetage dont j'avais besoin. Alors, je me mis dans le coin et glissai une main sous ma jupe, sans lâcher des yeux le menton de Ryder alors que j'enlevai ma culotte et la lui tendis.

Presque terminé.

Ryder agrippa le morceau de coton rose.

— Sérieusement, j'ignore ce qu'il y a chez vous qui trouble à ce point mes sens. Vous n'imaginez pas à quel point ça…

— Je ne veux pas savoir.

Je retirai ma main.

— Le site d'enchères m'a déjà envoyé le virement pour le produit, mais vous avez parlé de cent dollars de plus pour la livraison rapide ?

Il secoua la tête, mais inséra la main dans sa poche, sortit un billet de cent dollars impeccable de son porte-monnaie et me le donna sans prononcer un mot.

Une fois que j'eus l'argent supplémentaire, je forçai le passage entre le mur et lui, ressentant le besoin de m'échapper. Mission accomplie. Journée achevée. Il était l'heure de retrouver Matilda et de m'assurer qu'elle ne s'était pas désintégrée en mon absence.

— Bonne route, Ryder.

— Oui. À vous aussi, Fanny. À bientôt, j'en suis sûr.

Je trébuchai presque quand il me rappela que je répéterais la même action à un moment ou un autre. Dans une semaine… peut-être deux au plus si Ryder-Pas-Vraiment-Ryder gardait la même fréquence d'achat. Peut-être que d'ici là, j'aurais expédié assez d'articles pour ne plus avoir à le rencontrer. Envoyer mes culottes dans des colis ne me dérangeait pas tant que ça. Mais en personne, savoir qu'il me regardait faire, devoir entendre ses bruits de plaisir… ça me mettait un peu mal à l'aise.

Même si vendre ses sous-vêtements m'incommodait, peu importe la méthode de livraison.

Beurk. J'avais besoin de prendre un bain.

Malheureusement, cette pensée fut mise en suspens à la seconde même où je mis le pied dehors et vis un ours-garou à l'air grognon assis sur le capot de ma voiture. Un ours-garou que je croyais avoir laissé à la pâtisserie. Un ours-garou qui portait un costume qui le rendait encore plus intimidant que d'habitude. Bordel de merde !

J'en chancelai presque.

— Jericho.

— Maddy.

Jericho se redressa, il fronça fermement les sourcils, et une expression intriguée s'afficha sur son visage.

— Tu t'es enfuie si vite, j'étais un peu inquiet. Est-ce que tout va bien ?

Non. Même pas un peu.

— C'est bon. Tout va bien. Je dois rentrer à la maison, d'ailleurs.

— À la maison.

— Oui, tu sais. Ta maison. Enfin, la leur. Je veux dire… celle que j'ai achetée.

Il hocha la tête doucement.

— Celle de ma grand-tante que tu as achetée.

— Exactement.

— Je ne comprendrai jamais ce qui t'a attirée dans cette vieille baraque. Elle n'y avait pas effectué de travaux depuis des années.

Ne m'en parle pas.

— J'aime les vieilles bâtisses.

Encore un mensonge. Plus ou moins. J'aimais les maisons anciennes avec du caractère, mais Matilda avait bien plus une mauvaise attitude que du caractère. Tout ce qui pouvait aller mal allait mal, et chaque réparation coûtait trois fois plus cher qu'en temps normal parce que les artisans n'avaient jamais rien vu de tel. Pourtant, le bâtiment avait été construit.

Mais Jericho avait grandi là-bas. Et je m'étais rendu compte pour la première fois que mes sentiments étaient beaucoup plus que ce qu'ils devaient être dans cette maison. J'avais été attirée par ses arcades bombées et ses baies vitrées toute ma vie, et son lien avec la maison avait seulement renforcé mon désir d'en être la propriétaire. L'idée de perdre cette partie de moi, d'abandonner cette connexion avec le seul homme que j'avais jamais vraiment considéré comme étant plus qu'un ami, m'avait presque tuée. Alors, j'avais mis les pieds dans le plat et j'avais acquis la demeure quand sa grand-tante avait déménagé.

Et depuis, j'avais lutté pour m'en sortir financièrement.

— Donc tu vas bien ? me demanda-t-il en me toisant de haut en bas. Tout se passe bien à la maison ?

J'aurais pu rire, mais il aurait compris à quel point j'avais la tête ailleurs.

— Tout va bien. Super. La maison est (*en train de me tomber sur la tête*) parfaite.

Il fronça encore plus les sourcils.

— Si tu en es sûre…

C'est à cet instant que Ryder-Pas-Vraiment-Ryder sortit de la librairie et s'arrêta brusquement devant ce qu'il prit pour une scène fascinante. Je veux dire, il venait tout juste d'acheter la culotte que j'avais portée, il l'avait probablement toujours dans sa poche, et j'étais là, discutant avec un homme qui avait des bras gros comme des branches et un cou comme un tronc d'arbre. Il n'y avait aucun doute sur le côté « alpha » de Jericho, et il était impossible de ne pas se rendre compte qu'il avait tourné son regard d'acier vers le gars derrière moi. Qui, une fois de plus, avait probablement ma culotte…

Dans.

Sa.

Poche.

— Bon, je vais y aller, annonçai-je, avançant doucement à côté de Jericho, dur, qui grognait. Tu devrais aussi. Il n'y a rien à voir ici. Aucun problème. Tout va absolument…

— Bien, me coupa-t-il avec une voix comme un grondement de tonnerre en été. Oui, j'entends parfaitement que tu le répètes sans cesse.

Ryder recula et se précipita jusqu'à sa voiture, mais pas sans fouiller dans sa poche d'abord. Jericho renifla, et son grognement devint plus fort, plus agressif. Je ne l'avais jamais vu perdre une once de son légendaire contrôle de lui-même ni autrement que poli et présentable. Jusqu'à cet instant. Il devait y avoir une raison. Quelque chose qui faisait s'échauffer ses narines et s'approfondir ses grognements, quelque chose qu'il pouvait sentir grâce au vent qui…

Oh, non !

J'étais idiote.

L'odeur.

Les métamorphes ont un sens de l'odorat très développé.

Jericho pouvait probablement sentir mon odeur sur Ryder.

Ça ne pouvait pas bien finir si je ne prenais pas de mesures drastiques.

— Eh, lançai-je, en sautant devant Jericho et en posant une main sur sa poitrine.

Sa poitrine très forte et musclée. *Focus.*

— Arrête de grogner sur des étrangers.

— Tu connais ce gars ?

Mentir ou ne pas mentir. Telle était la question. Je choisis une réponse bancale.

— Pas vraiment. Sérieusement, en revanche, ne gronde pas. Tu vas effrayer les gens.

Jericho se redressa un peu, toujours en respirant fort, mais en arrêtant le bruit de grognement. Il s'accorda un moment pour fermer les yeux avant de concentrer de nouveau sur moi son attention comme un laser.

— Qu'est-ce qu'il t'arrive, Madeleine ?

Il n'avait jamais énoncé mon prénom en entier. Jamais. L'entendre de ses lèvres, la façon dont sa langue passa de D à L, excita tout à fait ma peau.

Mais il regardait au-dessus de moi, plus loin, à l'endroit où Ryder sortait de sa place, et tout mon monde me tomba réellement sur la tête.

Il ne pouvait pas apprendre mon secret.

— Il n'y a rien, déclarai-je en me glissant près de lui et en me soulevant sur la pointe des pieds. Rentre chez toi, Jericho. Je vais bien.

Alors, pour prouver que je ne mentais pas et, avec un peu de chance, lui faire oublier l'homme qui avait ma culotte dans sa poche, j'embrassai la joue de Jericho. Plus ou moins. Plutôt le coin de sa bouche. Les yeux fermés, son odeur chaude et piquante m'envahissant, je pressai mes lèvres aussi près des siennes que possible sans dépasser la limite qu'il avait mise en place et encadrée avec du fil barbelé. Tellement chaud et doux, et provoquant l'excitation. Tellement parfait.

Je soupirai probablement. Je brisai sans doute aussi mon propre cœur, à l'idée qu'il ne ressentait probablement pas la même chose que moi à propos de ce baiser. Qu'il était sûrement là à essayer de rester poli alors que je venais simplement d'agresser le coin de sa bouche. Même quand sa main se posa sur ma hanche, semblant m'attirer plus près plutôt que m'éloigner, et que sa poitrine grogna contre la mienne. Je l'embrassai, et il me laissa faire. Ou peut-être que c'était seulement mon imagination.

J'étais une vraie masochiste, je n'en avais jamais assez de lui. Je conservai mes lèvres contre sa joue beaucoup trop longtemps. Je gardai mon corps pressé contre le sien d'une manière absolument pas amicale. Je m'abandonnai au calme silencieux de ma chair contre la sienne trop longtemps pour que ce soit poli. Assez longuement pour qu'il gémisse doucement et me serre plus fort. Pour que la Terre s'arrête de tourner avant de se précipiter de nouveau.

Assez longuement pour me rappeler qu'il ne voulait pas de moi.

Pour m'élever dans les cieux et m'écraser sur le sol juste là, avec mon corps étreint contre le sien, mes lèvres sur sa joue et sa main qui me tenait en place.

Heureusement, j'étais vraiment bonne pour ramasser les morceaux et me remettre dans le droit chemin.

— Bonne nuit, murmurai-je avant de me redresser sur mes pieds et de m'éloigner de lui.

Avant de nous arracher l'un à l'autre d'une manière beaucoup plus douloureuse que je ne le voulais. Je détestais cela, je le haïssais de me faire sentir de cette manière. Je maudissais le destin de nous avoir jetés ensemble dans le monde et de ne pas en faire mon ami ou mon petit ami ou... quoi que ce soit. À cet instant, avec son odeur qui troublait toujours mon esprit et le goût de sa peau sur mes lèvres, j'abhorrais le monde de l'avoir même mis sur ma route. La vie aurait été tellement plus simple, ne l'eussé-je jamais rencontré.

Ou du moins, c'est ce que je me disais.

La main de Jericho semblait serrer ma hanche vraiment fortement, mais il s'éloigna ensuite. Sans me regarder. Ce contrôle parfait de lui-même aussitôt de retour.

— Oui. Toi aussi, Maddy.

Un mot pulvérisa ce qui restait de mon cœur. Jericho avait utilisé mon surnom, évidemment. J'aurais dû m'en douter. Il m'appelait toujours Maddy, ce seul Madeleine avait été un coup de chance. Une erreur. Un faux pas de la part de l'homme qui ne trébuchait jamais. Je n'aurais pas dû espérer que ça signifie quoi que ce soit de plus.

Je hochai la tête et tournai le dos à Jericho, exactement comme à la pâtisserie. Exactement comme je l'avais fait pendant des jours, des semaines et des mois. Me retourner et m'efforcer de le laisser derrière, même si ça n'avait jamais fonctionné.

Peut-être qu'un jour, je parviendrais à sortir mon cœur de son emprise. Peut-être que je trouverais comment désenchevêtrer ma vie de la sienne. Peut-être que je rencontrerais quelqu'un d'autre qui m'obséderait.

Ça pouvait arriver.

Probablement.

CHAPITRE 3

JERICHO

Douces grâces de la destinée, mon nez serait ma mort. Plus particulièrement, mon odorat quand Madeleine Chance se tenait près de moi. J'évoluais dans un combat perdu d'avance contre cette fille depuis qu'elle était devenue assez vieille, depuis qu'elle s'était trouvée sur ma route comme une adulte et plus comme une enfant, et l'ours à l'intérieur de mon être avait rugi, demandé à ce que je marque mon territoire. Puisque je m'étais enfin rendu compte qu'elle était la seule et vraie compagne dont je voulais.

Et rien n'attristait plus mon ours que sentir l'odeur de sa compagne sans qu'elle soit collée à lui.

Les effluves d'une femme avaient tendance à se concentrer sur une zone particulière, cette fente paradisiaque entre ses jambes où était détenue la preuve de ses désirs cachés. L'endroit pour lequel les hommes perdaient leurs esprits. Je ne m'étais jamais assez approché de Madeleine pour faire l'expérience de cette essence avec autant d'intimité que je le désirais, je ne pouvais pas même y penser sans perdre le contrôle de mon fauve intérieur, mais je la connaissais tout de même. J'aurais pu la distinguer les yeux bandés dans une foule, sans entendre le son de sa voix, grâce à une seule bouffée de son parfum.

Pendant que j'attendais près de la librairie à la frontière de la ville, l'odeur de Madeleine m'avait quasiment maîtrisé. J'étais capable de la sentir sans essayer, je pouvais presque goûter le doux miel de sa féminité dans l'air autour de nous. Mais pas directement d'elle. Non, au lieu de cela, j'avais flairé ses effluves sur l'homme qui l'avait suivie en sortant de la librairie. Le type qui avait paru terrifié en me voyant.

Il avait raison de l'être, parce que, s'il emmerdait ma Madeleine, il lui restait peu de temps à vivre.

Je n'avais pas le droit d'être en colère.

Ou triste.

Ou d'avoir le cœur brisé et d'être prêt à cracher ma rage contre le monde entier à la pensée de leurs senteurs se mêlant à cause d'autre chose qu'une rencontre banale. En général, cela dit, Madeleine courait jusqu'à moi. Mais pas aujourd'hui. Aujourd'hui, elle avait gardé ses distances à la pâtisserie et avait fui à la première occasion. Je l'avais suivie tellement son comportement m'avait paru étrange venant d'elle, mais elle recommençait. Elle m'esquivait et me forçait à détourner mon attention de l'autre homme. À cause d'elle, ma poitrine était oppressée à l'idée de perdre la seule femme dont je ne voudrais jamais, celle que je n'avais jamais eue. Par sa faute, mon fauve intérieur souhaitait déjà recommencer à la chasser.

Je regardai Madeleine s'en aller sans dire un mot. Pas de *Attends* ou *Arrête* ou *Ne t'en va pas*. Pas de *S'il te plaît* ou *Ma chérie* ou *Mon amie* non plus. Comme chaque fois que l'on se retrouvait tous les deux, j'observais au lieu d'agir. Je ne pouvais rien faire d'autre. Mon ours, l'animal à l'intérieur de moi qui dirigeait la moitié de mon âme, était amoureux d'elle depuis qu'elle était devenue adulte. Et avait su qu'elle était son âme sœur bien avant cela. L'homme... eh bien, il était épris d'elle aussi. Pas seulement parce qu'elle était la femme que le destin lui avait réservée, mais à cause de sa douceur. De sa gentillesse. La petite dose de malice dans son sourire et la façon dont ses yeux s'illuminaient quand elle parlait. Le balancement de ses hanches et la courbe de ses fesses aidaient aussi. La façon dont sa taille était plus fine et lui donnait l'air d'un sablier que mes mains auraient adoré caresser. Ou mes lèvres.

— Putain de pervers, fulminai-je à travers ma respiration alors que sa voiture disparaissait derrière la colline sur la route du retour.

Oui, Madeleine était ma compagne. Oui, elle était bien assez grande pour avoir un compagnon, ou un amoureux, comme tous les humains. Et oui, je luttais contre ces deux éléments. Je connaissais les trois sœurs depuis qu'elles étaient bébés, j'avais été un bon ami de leurs parents avant leur mort prématurée. J'avais été là quand ma grand-tante s'en était mêlée et les avait emmenées chez elle pour qu'elles puissent rester à Kinship Cove, même orphelines. Elle avait fini de les élever précisément dans la maison dont Madeleine était maintenant propriétaire, où j'avais passé tellement de temps parce que mon ours voulait toujours y être.

Dès que Madeleine fut assez grande et que je la vis comme notre compagne, je compris pourquoi.

Et je me rendis compte qu'il n'y avait aucune chance pour que je l'aie.

J'avais un héritage à maintenir, une ville que ma famille avait dirigée depuis des siècles à laquelle faire attention. La politique était un domaine difficile, plein de mensonges, de trahisons et de gens prêts à braquer un projecteur sur chacune de vos erreurs et failles. La vie avec un homme politique revenait à des dîners oubliés et des promesses rompues, à sourire face aux caméras quand vous vouliez pleurer, et à ne jamais laisser voir une fissure dans l'armure que vous placiez sur vous. Madeleine était si douce et mignonne que mes adversaires l'auraient mangée toute crue. Elle et ses sœurs se seraient retrouvées dans des positions dont elles n'auraient jamais voulu, auraient été scrutées sous le pire des projecteurs. Je ne pouvais pas les forcer à mener cette existence simplement parce que s'occuper de Kinship Cove était un devoir de ma famille dont j'avais hérité. Je n'étais pas capable de demander à la femme à qui mon cœur appartenait d'endurer cette torture jusqu'à ce qu'un autre membre de ma famille se retrousse les manches et prenne sa place sous les rudes jugements de la vie publique.

Je ne pouvais pas, mais je le voulais. Je souhaitais que Madeleine soit à moi tout le temps.

Et j'avais été proche de la faire mienne. Si proche. Mon ours m'avait miné pendant des années, me poussant à la désirer de plus en plus. M'avait gardé éveillé la nuit en pensant à son corps chaud, doux, courbé contre le mien. Si petite, ma Madeleine. Ses pieds n'auraient probablement pas dépassé mes cuisses si on avait été allongés ensemble. Une vision qui incitait presque mon ours à se lever pour rugir sa frustration au monde qui ne connaissait pas ce sentiment. J'avais été prêt à m'abandonner à mes besoins et à me l'approprier après tant d'années à résister.

Puis un foutu lion-garou appelé Spencer m'avait défié aux élections et avait essayé de nuire à ma réputation d'homme bon. Il avait retourné l'image que j'avais eu soin de cultiver pendant des années aux yeux du public ; pas mou, mais juste. Honnête. Travaillant dur. Spencer avait appelé ma gentillesse, faiblesse, et mon célibat, un échec de mon animal à en attirer un autre. Il avait essayé d'attaquer chacun de mes coups et de mes motifs avec peu de succès. Que je prenne une jeune femme humaine pour compagne prédestinée, une fille qui avait été élevée, au moins un peu, dans ma famille ? Il se serait rué là-dessus. J'aurais été un vieil homme sans morale. Et ma Madeleine ? Sa renommée aurait été traînée dans la boue. Tous ses choix vestimentaires, toutes ses actions auraient été scrutées et remises en question. Je savais comment les hommes comme Spencer fonctionnaient, à quel point les femmes dans leurs vies n'étaient pas respectées. Il aurait écrasé ma compagne pour m'atteindre. Impossible que je lui inflige cela. Jamais.

Entre la confiance qu'avait en moi leur père, la douceur de ma grand-tante envers elles, et le fait que mon adversaire cherchait n'importe quoi pour ruiner l'image propre que je m'étais construite en ville et l'utiliserait complètement comme des munitions, il n'y avait aucune chance que je la fasse mienne pour le moment.

Juste un peu plus longtemps, disais-je à mon ours intérieur. *Peut-être après les élections.*

Oui, il n'était pas plus heureux de ça que moi.

Après avoir grogné et remis en place mon membre méchamment dur, je regagnai péniblement ma camionnette. Le parfum de Madeleine s'accrochait à moi ; d'ailleurs, remonter dans mon véhicule ne contribua à rien d'autre qu'à l'accentuer. Avoir un de ses pulls dans ma boîte à gants n'aidait pas, un peu comme si j'étais un homme bizarre. Enfin, je ne l'aurais pas gardé très longtemps, seulement jusqu'à ce que son odeur ait assez diminué pour que je n'aie plus envie de frotter le foutu truc sur mon corps.

Ce que j'avais fait.

Plus que je n'aurais voulu l'admettre.

Me masturber avec le pull d'une fille me plaçait définitivement dans le territoire des gens étranges, surtout parce qu'elle ignorait que je l'avais. Ce n'est pas comme si je l'avais volé, enfin, pas vraiment. Elle l'avait laissé dans ma voiture quelques semaines plus tôt quand je l'avais ramenée d'une fête d'anniversaire qui avait mal tourné. C'était la première fois que je l'avais vue ivre et… eh bien, excitée. Elle avait ricané, m'avait dragué et un peu peloté. J'avais adoré chaque instant, moi aussi. Mais j'avais dû rejeter ses avances. Je m'étais efforcé de ne pas la froisser, mais la façon dont son visage s'était effondré ce soir-là, combien elle avait l'air touchée et peinée, m'avait hanté depuis. Tout comme l'idée que j'aurais enfin pu lui demander d'être ma compagne et que je n'avais pas osé.

Refuser Madeleine avait été la décision la plus difficile de ma vie, un choix que je regrettais de plus en plus à mesure que le temps passait.

Je ne savais pas si je pourrais le retenir longtemps.

Je ne savais pas si elle me donnerait une chance quand elle comprendrait ce qu'impliquerait une vie à côtoyer des types comme Spencer.

Je ne savais rien.

Le trajet du retour à travers la ville jusqu'au dîner de répétition de la fille d'un associé d'affaires me parut durer plusieurs heures au lieu de quelques minutes, en grande partie parce que mes pensées tournaient en boucle sur la réalité bousillée dans laquelle je me trouvais. Je ne m'en étais pas rendu compte jusqu'à ce que mon téléphone sonne et que je m'aperçoive que je roulais de la même manière que j'imaginais : je tournais en rond, encore et encore. Et j'étais incroyablement en retard. *Merde !*

— Jericho, prononçai-je à l'instant même où j'allumai le Bluetooth pour le connecter au haut-parleur de ma voiture.

— Tu es au courant que ces loups sont des donateurs majeurs de ta campagne, pas vrai ?

Parker, ma sœur, directrice de campagne à plein temps, et ma cheffe à temps partiel, ne prit pas de gants. Je n'en attendais pas moins d'elle.

— Je serai là dans dix minutes.

— T'as intérêt.

L'appel se termina ainsi. Pas de « au revoir » ou de « à tout de suite », mais je n'en espérais pas. Je ne la payais pas pour me choyer. Je la payais pour me botter les fesses quand c'était nécessaire, et, à ce moment, ça l'était. Une élection arrivait, et ma place de maire était rudement menacée par un lion-garou aux poches bien remplies. Je devais financer mes comptes de campagne et m'assurer que la ville me verrait sous le même jour que jusqu'alors : le chef fort et puissant qui donnait la priorité à la ville et ne laissait jamais ses adversaires l'énerver. S'ils avaient seulement conscience qu'il y avait une fille qui faisait vaciller ma vie au quotidien, que je rêvais de mettre le poing dans le nez de mon adversaire chaque fois qu'il pointait son visage plissé, je perdrais sûrement les élections, mon travail, et ma chance de garder intact l'héritage de ma famille à Kinship Cove.

Contrôle. Kinship Cove attendait de son maire qu'il garde le contrôle.

Tous les hommes de ma famille avaient dirigé la ville à un moment, et tous l'avaient rendue meilleure pendant leur mandat. Je n'avais pas encore occupé la place assez longtemps pour acter de vrais changements, mais j'avais des idées. De grandes idées. Qui conduiraient la ville à s'élever au niveau supérieur et donneraient à chaque habitant une base plus solide. Je devais me concentrer sur ce but, cette fin.

Et quand j'aurais l'occasion de passer la main à un autre membre de ma famille, je pourrais avoir ma compagne.

Peut-être.

Si elle me voulait encore.

Ma sœur me retrouva à la porte d'entrée de la salle de réception, un sourire rigide sur le visage.

— T'es en retard.

— Je t'ai dit que je serais là dans dix minutes, ça fait seulement…

Je vérifiai l'écran de mon téléphone

— Neuf minutes.

— Oui, mais ces « dix minutes » représentaient déjà vingt minutes de retard sur ce qui était prévu. Où étais-tu ?

Hors de question de lui révéler que j'avais suivi Madeleine jusqu'à la librairie. Elle me trouvait déjà fou d'éviter ma compagne et d'essayer de démêler, même temporairement, le nœud du destin. C'était ma faute, je lui avais parlé de mes projets avec une humaine un soir où j'étais ivre et n'avais pas vu le rictus de ma compagne sur son visage depuis trop longtemps.

Je n'étais pas en mesure de m'occuper de ses railleries à cet instant.

— J'avais besoin d'un peu de temps pour réfléchir.

— À propos de Madeleine.

Putain !

— Tais-toi.

— Non, je ne me tairai pas. Tu as intérêt à te décider à propos de toute cette histoire et vite. Si tu ne prends pas les devants et que l'information arrive jusqu'aux oreilles de Spencer, il l'utilisera pour te faire passer pour un pervers. Ou pire, un faible.

Je devais lutter pour empêcher mon visage d'afficher un air de dégoût ou de rage. Je gagnai cette bataille, mais de peu. Spencer avait déjà essayé de me couvrir de boue. Jusqu'alors, il n'y était pas parvenu, mais j'étais sûr qu'il trouverait quelque chose. Ça ne pouvait *pas* être ma relation avec Madeleine. Je refusais de ruiner la réputation de cette fille avec mes ambitions politiques.

Mais je savais comment ces choses fonctionnaient.

— Il se servira de tout ce qui lui tombera sous la main, peu importe ce que c'est. Surtout si c'est à propos de Madeleine.

— Parce qu'elle est humaine.

Ma poitrine s'enflammait à l'idée de ce que dirait un gars comme Spencer à ce propos.

— Oui.

— Ce type est de la *pire* espèce de métamorphe.

— Et il excite les vieux jeux qui aiment l'idée que c'est nous contre eux. Les métamorphes contre les humains.

Parker acquiesça.

— Ouaip. Les pires.

— Alors, j'attendrai que les élections soient passées.

— Oui, bonne chance avec ça. Chaque jour qui passe, tu ressembles de plus en plus à un homme prêt à exploser.

Parker tira sur mes manches et ajusta ma cravate avant de m'embrasser sur l'épaule. C'était dur.

— Haut les cœurs, frérot.

Je poussai un soupir au moment où le chef des loups-garous du coin rencontra mon regard avant de se diriger vers moi.

— Ce n'est pas si facile.

— Au contraire. Explique-lui ce qui pourrait lui arriver, elle sera préparée, prends-la pour compagne, tu sais que c'est ce que tu veux, et elle sera à toi pour toujours. L'alternative c'est que tu sois malheureux. Et je ne vais pas m'embêter avec ce genre de conneries, murmura-t-elle avant d'afficher un sourire lumineux et de le diriger vers le loup qui arrivait.

— Flannigan ! Comment allez-vous ce soir ?

Et là-dessus, le spectacle commença. Parker dirigeait la fête, s'assurant d'annoncer le nom de chaque invité pour éviter que je me trompe et dirigeant la conversation de manière que le ton reste animé et doux ; pas d'histoires, pas de querelle politique et pas d'amusement. En particulier parce que Madeleine n'assistait pas au dîner de répétition du mariage de Nico et Fiona. Je ne m'attendais pas à ce qu'elle soit là et je n'aurais en aucun cas pu agir face à un besoin de la toucher ou de la goûter. Oh non ! cela aurait créé des rumeurs. Cela aurait donné un os à ronger à Spencer. Je refusais de donner quoi que ce soit à ce type, surtout pas concernant Madeleine.

Mais quand même, ça aurait été sympa de la voir pendant la soirée. De savoir qu'elle allait bien. D'être dans la même pièce qu'elle pendant quelques heures et de calmer mon animal intérieur.

— On dirait que quelqu'un vous a volé votre jouet préféré.

Misty, la renarde-garou qui travaillait à la pâtisserie avec ma compagne et dont la famille était propriétaire du restaurant de Kinship Cove, se glissa à côté de moi au moment où j'attendais qu'un serveur me donne un verre. J'en avais affreusement besoin, peu importe le nombre de regards méchants que Parker me lancerait.

Je tirai sur ma cravate et soupirai.

— Ça a été une longue journée.

— Pour tout le monde. Je veux dire, mes patronnes étaient dans tous leurs états aujourd'hui.

Ses patronnes, dont Madeleine qui avait paru être ailleurs.

— Comment ça, dans tous leurs états ?

— Eh bien, Coco était un zombie. Il y a une histoire importante, un loup-garou lui aurait brisé le cœur.

— Elle est toujours attachée à Nico, n'est-ce pas ?

— Non. Son père.

Misty secoua la tête et fit un geste de la main pour m'intimer de laisser tomber alors que je me tournais vers elle.

— C'est une longue histoire, et vraiment pas adaptée pour être racontée ici. Mais si vous voyez un loup-garou grincheux et misérable avec des cheveux poivre et sel, vous saurez de qui je parle. Donc Coco est au bout du rouleau, et Ginger a disparu avec un dragon cet après-midi, ce qui signifie qu'elle a oublié de livrer le gâteau que Madeleine a préparé pour ce soir...

— Comment puis-je aider ?

Le simple fait de savoir quelque chose n'allait pas dans le monde de ma compagne poussait mon esprit à tourner à plein régime. J'avais besoin d'agir, de détails, d'une idée, de mettre en œuvre ce que je pouvais pour soulager la pression qui pesait sur elle.

Mais une fois encore, Misty agita sa main.

— Vous êtes gentil, mais je m'occupe de tout. Ou presque. Les problèmes Coco et Ginger seront bientôt résolus. Ça ne tient plus qu'à un fil d'après ce que je vois.

Je jure que, parfois, les renards parlent en langage crypté.

— Et quel est ce fil, d'après vous ?

— Madeleine. Ses sœurs en couple, elle va se retrouver seule.

Mon cœur s'écrasa au sol avant de rebondir jusque dans ma poitrine, ma bouche s'assécha. Putain, ces mots blessaient. Je ne pouvais pas montrer ça dans une salle pleine, alors à la place je récupérai mon verre des mains du serveur, prêt à craquer.

— Et alors ?

Deux mots, un vrai défi. Comme s'il pouvait y avoir des doutes sur le fait que la renarde fouineuse ne sache rien de mon lien avec Madeleine. Elle pouvait certainement sentir les étoiles qui tentaient de nous rassembler, et renifler les traces de ma destinée autour de nous.

Elle était probablement en mesure aussi de me mordre la main jusqu'au poignet avec ses dents alors qu'elle me poussait derrière une fausse plante énorme et se penchait tout près de moi.

— Et alors ? C'est tout ce que vous avez à déclarer, l'ours ? Parce que ce n'est pas satisfaisant. Vous n'êtes pas assez bien pour elle maintenant. En réalité, peut-être qu'au lieu de forcer le destin, c'est le moment pour moi de casser ce lien.

— Ne me menacez pas, renarde.

— Je mettrai en œuvre ce qu'il faut pour ne pas mettre le futur de cette fille en danger. Madeleine a besoin d'un homme, un vrai, pas de quelqu'un qui la laisse de côté pour des raisons que personne ne comprend. Elle a besoin d'une vie, de trouver quelqu'un. D'une *relation*. Tout ce qu'elle fait, c'est travailler et réparer cette vieille maison que votre famille l'a poussée à acheter en la dupant.

— On ne l'a pas dupée…

— Oui, ouais, je sais. Elle *devait* seulement acquérir cette maison. (Elle se tapota le menton d'un air beaucoup trop curieux à mon goût.) Je me demande pourquoi. Je veux dire, cet endroit est une poubelle, et elle n'est pas vraiment la femme la plus manuelle de la Terre. Qu'est-ce qui l'a incitée à se lancer dans la réparation de cette baraque ?

Une question que je m'étais posée de nombreuses fois.

— Elle a expliqué qu'elle avait toujours aimé y être quand elle était enfant.

— Oui, mais ce n'est plus une enfant, et cette bâtisse était un gouffre financier. Et l'est toujours.

C'était vrai, et c'est pour cela que je n'avais pas voulu qu'elle l'achète. Mais toute cette conversation n'était pas à propos d'une vieille maison, je le savais et Misty également.

— Allez droit au but, renarde.

Elle me regarda d'un œil sévère.

— Vous voulez que je sois directe ? D'accord, pas de problème. Je vous dis merde, ou arrêtez de tourner autour du pot, l'ours. Elle a besoin d'un compagnon, et, si vous ne souhaitez pas l'être, éloignez-vous de son chemin, que je lui trouve quelqu'un d'autre. Vous n'êtes pas le seul à vous acquitter d'une promesse envers ses parents.

Mon grognement se fit désaccordé, et mon fauve était prêt à se battre contre le petit renard. Misty se contenta de sourire.

— Oui. C'est ce que je pensais. Vous devriez plutôt prendre soin de votre compagne, et vite, monsieur le maire. Sinon, je m'en occuperai. Elle est un très bon produit et mérite bien plus que vous ne lui accordez.

Je pris une gorgée dans mon verre et murmurai :

— Comme si je l'ignorais.

— Alors, faites mieux. Elle a besoin d'aide, et vous n'agissez pas. Ce n'est pas comme ça que ça fonctionne.

Puis sur ce, elle se tourna et me quitta avec un mouvement d'humeur, littéralement comme ça, comme si nous avions discuté de la météo et non de ma compagne. Mais avant que je puisse initier quoi que ce soit pour me remettre de ses paroles, la suivre, ou me glisser à l'extérieur pour aller chercher Madeleine et la supplier de devenir ma compagne, Nico, le marié, apparut avec une Fiona rayonnante à son bras. J'affichai un rictus et me remis au travail, saluant le couple heureux avec des félicitations, sachant que je n'étais pas à ma place. Ce n'était pas à ces gens que je devais parler. Pas dans cette pièce que je devais être.

C'était mon devoir de rester même si tout me paraissait mauvais dans cette situation.

Et je ne savais pas comment la régler.

CHAPITRE 4

MADELEINE

MES SŒURS N'ÉTAIENT PAS VENUES TRAVAILLER, LE vendredi matin. Misty si, Dieu merci, sinon j'aurais dû cuisiner et m'occuper du comptoir seule. Nous nous en étions toutes déjà occupé, mais je ne voulais absolument pas recommencer. Pourtant, je n'arrivais pas à être en colère contre elles de ne pas être présentes. Coco avait rompu avec son loup-garou aux cheveux d'argent, et Ginger s'était fait emporter par un dragon. Littéralement.

Vivre à Kinship Cove avait toujours été un peu étrange, mais dernièrement, les choses étaient devenues carrément bizarres.

Quand même, c'était nul d'être toute seule dans la cuisine, et il y avait toujours tant à faire. Nettoyer, préparer, cuisiner… des cookies ! Il y avait tellement de ces foutus cookies à concocter et à décorer. Ils étaient notre gagne-pain, sans mauvais jeu de mots. Tout le monde les aimait. On concluait difficilement une vente sans en laisser partir six. Ces biscuits permettaient de garder les lumières allumées à la pâtisserie. Ils auraient dû peser plus que les problèmes de leurs vies. Ils étaient la priorité de la mienne.

Les cookies avaient ma totale et complète attention.

Ce qui était une chose très, très triste à laquelle je ne voulais pas penser.

Heureusement, Misty se rua dans la cuisine à ce moment précis, l'air un peu frustré.

— Qu'est-ce que tu fais ?

J'avais un tube plein de glaçage rose brillant dans la main et j'étais penchée sur un plateau de cookies à moitié décorés, alors je répondis, bien sûr :

— Je repasse mes chaussettes. Et toi ?

Sa manière de rouler des yeux était si belle.

— Tu es censée être gentille et mignonne. Pourquoi tu es aussi sarcastique ?

Mignonne… encore. Coco était la conviviale. Ginger, la drôle et sexy. J'avais « mignonne » et « gentille », comme si j'étais un enfant, ou une poupée, ou… quoi que ce soit de gentil et mignon. Ça n'aurait pas dû me déranger autant.

— J'ai passé une dure soirée.

— La maison t'est tombée sur la tête ?

— Non, lançai-je, en lui adressant un regard méchant, même si les derniers problèmes avec mon gouffre financier de maison dansaient au-dessus de moi.

Matilda en avait après mon argent. Ou elle le prenait simplement. L'un des deux.

Malgré tout, ma réponse ne satisfit pas Misty. Avez-vous déjà vu un renard chasser ? La façon dont ils baissent la tête et bloquent le regard sur leur proie ? Oui. C'était Misty quand elle demanda :

— Mais il y a un problème avec la maison ?

Toujours.

— Pas vraiment un problème.

— Tu mens.

— Non.

— Bien sûr que si. Tu as toujours de petites taches roses dans le cou quand tu racontes des craques.

Foutue peau claire.

— C'est la lumière des cookies qui se reflète.

— C'est ton corps qui te dit « Arrête de mentir à ton amie, pétasse. » Alors, qu'est-ce qu'il y a ? Qu'est-ce qui ne va pas, cette fois ?

Ah ! Qu'est-ce qui *allait*, plutôt ? Dans ma tête, je dressai la liste des soucis qu'il y avait dans l'air en ce moment et j'en tirai un duquel parler.

— Il y a une fuite au niveau du toit.

— Je croyais que tu l'avais changé.

— C'est le cas.

— Et il fuit ?

— Oui.

— Tu as rappelé le couvreur pour qu'il vienne le réparer ?

J'aurais fait n'importe quoi pour pouvoir décorer ces foutus cookies tranquillement à cet instant. Ça allait mal finir, mais je m'étais engagée. Je devais continuer la conversation.

— Oui.

— Et qu'est-ce qu'il a dit ?

Ma bouche s'assécha.

— Les réparations vont coûter 3 500 $ de plus.

— Sur le toit qu'il a rénové ?

Oui. Je pouvais presque ressentir *physiquement* qu'elle ne me croyait pas.

— Ce n'est pas sa faute. La maison a besoin…

— D'être détruite.

— Arrête.

Misty s'approcha derrière moi, douce et silencieuse comme elle n'était jamais avec les autres. Tous les autres sauf moi. Misty Version 2.0 ; celle avec un cœur.

— Tu es consciente que la maison n'est pas lui, pas vrai ?

Et d'un coup, mon visage chauffa et ma poitrine se serra, c'était plus difficile de respirer.

— Ça n'a rien à voir avec lui.

Sa voix baissa, ses mots toujours plus blessants à chaque syllabe.

— Tout ce que tu fais a à voir avec lui.

Je ne pouvais même pas parler de cela avec elle. Alors, je reportai mon attention sur les biscuits à la place. Du glaçage rose sur des cookies doux, sucrés, parfaitement adorables et mignons.

Un peu comme la façon dont les gens me considéraient.

Comme le couvreur m'estimait sûrement. J'avais d'abord pensé en tirer avantage. Je ne savais rien des réparations et changements de toit, mais j'avais toujours constaté que Ralph le couvreur était agréé par toute la ville et semblait gentil. De plus, la maison était un tel désordre. Peut-être qu'il avait raison et que les réparations supplémentaires n'étaient pas sa faute. Peut-être que Matilda avait besoin de deux changements de toit par an.

Ou peut-être que j'étais nulle, incapable de me débrouiller seule, et que tout le monde en ville le savait.

La cloche au-dessus de la porte sonna, et Misty m'adressa un sourire triste avant d'aller au comptoir. C'était une bonne chose, car je n'aurais pas pu me disputer avec elle, pas pu passer une seconde de plus à me demander si j'étais nulle dans les conversations basiques au point de me ruer sur une arnaque. Je ne pouvais rien faire d'autre que mettre du glaçage rose et sucré sur ces cookies sucrés et doux. Au moins, ils avaient un sens.

Les produits de boulangerie en avaient toujours un, quoique je me sentais encore plus idiote à cette pensée.

Quand Coco était revenue de son école de pâtisserie à l'étranger, elle avait hésité à ouvrir une pâtisserie ou un restaurant. Je l'avais convaincue d'aller vers la première option, sachant que Jericho aimait trop ses préparations pour résister. J'avais créé une grande partie de la carte, passé mon temps à trouver le mélange parfait de douceur et de saveur pour le forcer à venir chaque jour. Et puis sa maison de famille avait été mise en vente, alors je l'avais achetée, cherchant désespérément à garder ce lien avec lui. Ce sentiment d'être entière quand j'étais près de lui.

J'avais commencé à vendre mes sous-vêtements sur Internet pour payer les travaux sur la vieille bâtisse négligée que même Jericho n'imaginait pas pouvoir être sauvée, tout ça pour un homme qui ne voulait pas de moi.

J'avais tout fait pour lui, et je n'avais rien eu en retour. J'étais une idiote complète.

Surprise par la sonnerie de mon téléphone, je versai une bonne dose de glaçage là où il n'aurait pas dû y en avoir. Typique. Tout comme le message sur l'écran.

Ryder : Vous avez quelque chose pour moi ? Je ne veux pas attendre et passer par les enchères.

Et simplement comme ça, la journée semblait un peu plus lumineuse.

Moi : J'ai ce que je porte, mais je n'ai pas dormi avec.

Ryder : C'est bon. J'ai besoin d'une autre dose pour tenir la fin de la semaine.

Une dose. Comme de la drogue. Ça n'était pas effrayant *du tout*.

Moi : Alors, ils sont à vous. Si l'offre est suffisante.

Ryder : 750 $ et une remise en mains propres.

Ce n'était pas autant qu'avec une enchère, mais ça représentait une belle somme. Et j'avais besoin de cet argent.

Moi : Parfait. Et pour la remise en mains propres ?

Ryder : Comme d'habitude, mais peut-on y être tôt ? J'ai quelque chose de prévu ce soir que je ne peux pas louper.

Pour ma part, j'avais une pâtisserie à fermer pour la journée et une maison délabrée dans laquelle retourner. Seule. J'étais toute disponible, mais je n'allais pas lui avouer ça.

Moi : Bien sûr. Indiquez-moi seulement quand.

Ryder : Vous êtes la meilleure. Disons dans une heure.

Moi : Parfait.

« Une vente de plus, ça me rapproche de la réparation du toit. » Je rangeai mon téléphone et mis le plateau de cookies dans le réfrigérateur de plain-pied. Le glaçage devait se figer avant que nous les livrions le lendemain, ce qui me donnait une excuse parfaite pour abaisser le rideau plus tôt.

— Eh, Misty, lançai-je en poussant les portes de la boutique, j'ai fini ici. Pourquoi on ne prendrait pas notre journée, comme ça tu pourrais…

Mes mots se coincèrent dans ma gorge quand je levai les yeux… directement dans ceux de Jericho.

— Fermer tôt ?

Sa voix grave et profonde causa un tremblement en moi, que je connaissais et auquel je n'étais jamais préparée.

Je pouvais pourtant faire semblant. Comme chaque fois qu'il était là. Feindre qu'il ne m'affectait pas autant qu'en réalité.

— Ne vous inquiétez pas, monsieur le maire. Main Street s'en sortira sans nous.

Tout comme lui. Tout comme la ville. Ils survivraient de nous perdre toutes les trois, ou seulement moi. Je pouvais fuir le lendemain et je ne croyais manquer à personne sauf à Coco, Ginger et Misty. Une pensée qui me brisait le cœur et n'aidait pas mon humeur désolée.

Jericho dut remarquer quelque chose dans mon attitude, car il fronça les sourcils.

— Je ne sous-entendais rien par là, Maddy. Je voulais…

Maddy. Encore une fois le surnom d'enfant. Qu'il aille se faire voir.

— C'est bien. Misty, tu peux ranger les affaires, s'il te plaît, et stocker dans des boîtes la nourriture à mettre en réserve ?

— Oui. D'accord.

Misty se mit au travail, avec des mouvements rapides et efficaces. Préparés. Entraînés. Avec plus de contrôle que je n'en étais capable à ce moment.

Je passai vite devant Jericho, essayant au mieux de contrôler ma respiration. Pour cacher tous les sentiments à propos de cet homme qui me tapaient dans le cerveau.

— Et voilà. Mange une brioche au miel. Je sais que tu les adores.

Jericho resta silencieux un instant avant de grogner un son doux et irrité :

— Je ne devrais pas.

Ça m'avait pris près de huit mois pour arriver à une recette de brioches parfaite. Un nombre incalculable d'heures passées à chercher des techniques différentes et à cuisiner des centaines et des centaines d'échantillons. Du beurre froid ou fondu, du sucre raffiné, naturel, ou du sucre glace. Du sirop d'érable ou de la cannelle ou les deux pour ajouter ce petit quelque chose. Des heures de ma vie... perdues à préparer les plus parfaites brioches collantes parmi les brioches collantes, seulement pour que ce type remarque quelque chose chez moi.

Et il n'en voulait pas.

— Il n'en reste qu'une, je ne peux pas en envoyer une seule en réserve. Je vais la jeter sinon, alors, s'il te plaît. Prends-la. Donne-la à quelqu'un si tu n'en as pas envie.

Jericho me dévisagea pendant un long moment, cette brioche collante entre nous dans ma main tendue.

Était-ce un genre de métaphore ? Du genre, s'il choisit de la manger, souhaiterait-il un jour être avec moi ? Quelle idée stupide et enfantine. Et pourtant mon cœur bégaya quand il l'attrapa.

— Merci.

Un simple mot simplement donné. Ses doigts glissèrent sur les miens à travers le papier ciré avec lequel je tenais la brioche. Un contact, mais pas vraiment. De l'espoir et pourtant le désespoir. Une vie… et pourtant non.

Et je devais aller voir le client.

— Tu peux rentrer, Misty, déclarai-je, sans même regarder l'endroit où elle se tenait, immobile et silencieuse.

Probablement en train d'observer mon interaction avec Jericho. Voyant sans doute les émotions que je cherchais tant à cacher.

— Je vais finir ici.

— Comme tu veux, cheffe.

Elle sortit sans un mot alors que je passais un rapide coup de chiffon sur le comptoir.

Jericho attendit d'entendre la porte de derrière se refermer avant de croquer dans la brioche. Son grognement me fit presque plier les genoux.

— Je les adore.

— Je sais.

— C'est ce que je préfère dans ce que vous proposez, toutes les trois.

— Je suis au courant de ça aussi.

— C'est doux, soupira-t-il, sa voix baissant d'un ton.

Il grogna en murmurant :

— Exactement comme toi.

Et voilà encore ce mot, « doux ». Comme une enfant. J'en avais tellement marre que tout le monde me trouve *douce*. Mes yeux brûlaient de larmes contenues que je refusais de laisser couler tandis que j'avançais vers lui. Pendant que j'envahissais son espace et que je le fusillais du regard. J'allais lui montrer de la douceur.

— Je ne suis pas douce, tu sais.

Je m'approchais encore un peu, me dressant sur la pointe des pieds (mon Dieu, ce qu'il sentait bon) pour murmurer à son oreille.

— Je ne suis pas innocente non plus.

Pendant un glorieux instant, ses yeux d'ambre rencontrèrent les miens, ils brûlaient en moi et faisaient trembler mes genoux. Son odeur, la chaleur, ce regard, je ne parvenais plus à respirer. Je ne pouvais pas oser un mouvement qui briserait le charme. J'en étais incapable...

Il baissa les yeux et recula d'un pas. Encore un. Mettant de l'espace entre nous alors même que ses mains se serraient et que le ronronnement bas de son grognement vibrait dans l'air.

— Maddy, je ne peux pas.

Peux pas. Ferai pas. Veux pas. La même chose.

— Oui, bon… moi non plus.

Je me tournai brusquement, me dirigeai vers le comptoir et vidai la caisse, mes larmes piquant de plus en plus.

— C'est bon, tu sais. Je peux fermer seule. Tu n'as aucune raison (*aucune, apparemment*) de rester là.

Il s'arrêta, son grondement se tut.

— Je te raccompagne à ta voiture.

— Il fait jour dehors. Ça ira.

Je pris la direction de la cuisine, pour m'enfuir. J'avais un besoin de m'échapper que Jericho refusait de m'accorder.

— Peut-être que moi, non.

Comme si un jour quelqu'un oserait songer à s'attaquer à lui.

— Tout ce que tu veux.

Je haussai les épaules et mis la monnaie dans le petit coffre, dans la cuisine. Coco me râlerait dessus à cause du désordre que je laissais dans cette pièce, mais je ne pouvais rester seule une minute de plus avec Jericho. Et j'avais des culottes à vendre. Un événement qui me faisait sentir infiniment puissante à cet instant.

— Permets-moi.

Jericho me tint la porte pendant que je sortais, mais je n'allai pas très loin.

— Attends, dis-je en jetant un dernier regard derrière moi. J'ai laissé la lumière du bureau allumée.

— J'y vais.

— Merci.

Je posai un pied dehors, distraite, car je ne trouvais pas mes clés dans mon sac. Porte-monnaie, gloss, culottes de rechange en cas de vente, car ainsi allait ma vie, et des lunettes de soleil bondirent tous dans ma main. Des clés ? Pas vraiment. Je fouillai plus profondément, mon visage presque enveloppé dans mon barda. Mes doigts frôlèrent du métal, et je souris en attrapant le bord irrégulier...

— Où est-elle ?

Je glapis et me tournai, en heurtant presque la benne, laissant tomber les clés dans le puits sans fond qu'était devenu à un moment mon sac. Ce n'était vraiment pas ce sur quoi je devais me concentrer, mais sérieusement, j'avais mis mille ans à les trouver.

La voix d'un homme effrayant, Madeleine. La voix. D'un homme. Effrayant.

Bien. Ça semblait important. Avant que je retrouve mes appuis, même que je jette un œil pour voir qui avait élu domicile derrière la pâtisserie, la porte arrière s'ouvrit et Jericho courut entre le type et moi.

Un individu que je reconnus soudain.

— Jericho...

— Éloigne-toi d'elle.

Kingston, l'homme-dragon qui, j'en étais presque sûre, sortait avec Ginger, balaya son regard de moi à Jericho et inversement. Comme s'il résolvait un puzzle. Un drôle de puzzle. Que seul lui pouvait distinguer. Doucement, il leva les mains et s'éloigna volontairement de moi.

— Je n'avais pas l'intention de faire de mal à ta compagne. Je cherche seulement la mienne.

Partenaire. Si seulement. J'avais tellement souhaité qu'un coup du destin me lie à cet homme qui m'avait obsédée toute ma vie que je ne pensais pas avoir encore le droit de rêver. Pas de place pour plus de rêve. J'en avais déjà demandé beaucoup trop.

Et n'avais rien obtenu.

— Je ne suis pas sa compagne, protestai-je, soudain en colère contre le monde pour mon sort dans la vie et contre moi pour en tolérer autant.

Jericho soupira derrière moi.

— De quoi as-tu besoin, Kingston ?

— Ginger. Où est-elle ?

J'observai Kingston plus attentivement : vêtements froissés, cheveux ébouriffés, et une pure panique dans les yeux. Ce n'était pas l'homme confiant qui s'était faufilé et avait dérobé Ginger. C'était un gars qui s'était vu dépossédé de tout ce qu'il voulait. Je connaissais ce regard, alors je lui demandai pourquoi.

Il me fixa droit dans les yeux.

— C'est ma petite amie.

Une telle conviction. Une telle honnêteté dans ses mots. Une déclaration de connexion qu'il refusait de nier. Quelque chose que je n'aurais jamais.

— Oh !

Kingston avança doucement comme pour s'approcher de moi.

— Je suis désolée. J'ignore…

— Elle va bien, intervint Jericho, se mettant de nouveau entre nous. Ginger n'est pas là. Tu devrais partir.

— Pas sans rien. Je veux savoir où elle est. J'ai envie de savoir qu'elle va bien.

Jericho me jeta un coup d'œil.

— Qu'est-ce que tu en penses ?

Je laissai échapper un rire, je ne pouvais pas m'en empêcher. Toute cette situation était si loin du domaine du normal.

— Quand c'est à propos de Ginger, mon avis t'importe ?

— C'est méchant...

— Ginger n'est pas là et ne viendra pas, dis-je, en dépassant l'ours-garou devant moi. J'ignore où elle est, mais elle et Coco étaient toutes les deux absentes aujourd'hui. Je sais que Ginger sera à une fête ce soir. L'enterrement de vie de jeune fille de Fiona. C'est au Metro Club.

Kingston hocha doucement la tête, ses yeux déjà tournés vers le ciel comme s'il souhaitait s'envoler loin d'ici. C'était un homme-dragon après tout.

— Merci.

Il était poli, apparemment. Ginger aurait pu trouver bien pire.

— Ma sœur mérite d'être heureuse.

— Vous aussi.

Mais mon bonheur viendrait quand j'aurais arrêté de poursuivre des choses que je n'aurais jamais. Laisser tomber mon obsession pour Jericho revenait à briser mon propre cœur, mais je devais m'y résoudre. Commencer à cet instant.

— C'est vrai. Et je prévois d'arrêter ce qui m'en empêche. Amusez-vous, les gars. J'ai des affaires à conclure.

Je me frayai un passage entre eux deux, accomplissant mon plan d'évasion alors que des visions de dîners, de séances de cinéma et de soirées romantiques avec quelqu'un d'autre, pas Jericho, dansaient dans mon esprit. Je les embrasserais, je lutterais pour eux, même s'ils me serraient l'estomac de la plus horrible manière. Et je le ferais avec un sourire aux lèvres.

Forte. Je devais être forte. Mettre mon futur sur un chemin solide et ne pas m'autoriser à rester bloquée sur un homme qui ne me désirait pas ou n'avait pas besoin de moi. Mais mes actions devaient être drastiques, un marteau de forgeron, pas un scalpel. J'en avais eu pour mon compte. J'avais lutté et souhaité, et m'étais battue trop longtemps pour quelque chose que je ne pouvais pas obtenir. Jericho ne voulait pas de moi, et rien de ce que je faisais ou disais ne changerait jamais ça.

Pas même restaurer sa maison de famille, ce qui signifiait qu'il était peut-être temps de concéder ma défaite face à Jericho et Matilda.

CHAPITRE 5

JERICHO

— DE QUEL GENRE D'AFFAIRES CROIS-TU QU'ELLE parlait ?

Je ne pouvais m'empêcher de regarder la voiture de Madeleine, de me sentir comme si mon cœur allait éclater dans ma poitrine. Pourquoi le fait qu'elle s'en aille ressemblait à une *fuite* ?

Kingston, dragon-garou et un vrai emmerdeur même si j'aimais bien le type, me dit d'un air affreusement arrogant :

— Peut-être que son compagnon devrait déjà le savoir.

— Je ne suis pas son compagnon.

Mensonge. Un qui causait soudainement plus de mal qu'il n'aurait dû. Même mon ours intérieur gémit à ces mots illusoires.

Et Kingston ne me croyait pas, de toute façon.

— J'aurais pu m'y tromper.

Je soupirai en tournant les yeux vers le reptile, pas sûr du taux de confiance à lui accorder. Pas certain que qui que ce soit puisse comprendre mon dilemme.

— Je la connais depuis l'époque des couches-culottes.

— Elle n'en porte plus maintenant.

— Comme si je l'ignorais.

Je grognai et glissai ma main dans mes cheveux, en passant devant le salaud alors que le sourire triste de Madeleine avant qu'elle s'en aille brouillait ma vue. Triste. Le cœur brisé, en réalité.

— Je sais très bien qu'elle n'en porte plus. J'en avais conscience avant même qu'elle ait fini le lycée, quand je me sentais comme un vieil homme vicieux en la contemplant.

Son père était un de mes meilleurs amis. Ma grand-tante les avait hébergées, elle et ses sœurs, après la mort de leurs parents. Ils m'avaient tous deux demandé de prendre soin des filles, mais je n'étais pas sûr de savoir de quelle manière le destin s'en mêlerait et déciderait ce que « prendre soin » signifiait pour l'une d'entre elles. Et je ne savais pas s'ils auraient approuvé, étant donné la vie que je lui réserverais.

— Je me sens toujours comme un vieil homme vicieux.

— J'ai peut-être cent ans de plus que ma compagne, et c'est toi qui te sens comme un vieux pervers.

La grande main froide de Kingston se posa sur mon épaule.

— J'adorerais rester et te montrer à quel point tu es stupide, mais je dois chercher ma compagne.

— Comment as-tu perdu sa trace ?

— Je me suis assoupi.

Je geignis, il y avait des semaines que je n'avais pas fermé l'œil durant une nuit complète. Depuis que Spencer m'avait annoncé qu'il me concurrençait. Depuis que faire de Madeleine ma compagne avait commencé à paraître encore moins possible.

— C'est bien de dormir.

— Avoir une compagne est encore mieux.

Le dragon changea de forme, s'envolant avec ses larges ailes et me laissant seul dans la ruelle. Un poids se posa sur mon torse, senti par mon ours et moi. Un poids qui ne pouvait être arrêté.

Un besoin.

Celui de notre compagne.

Je n'y arrivais pas. Je ne pouvais pas la laisser s'enfuir. Pas encore. Pas après avoir vu combien elle était triste en partant. Combien elle était blessée. Tout le reste, chaque détail qui me retenait, ne comptait plus. Je devais m'assurer que ma compagne allait bien.

Je sautai dans ma camionnette et maudis le sort comme un homme possédé, rugissant dans les rues jusqu'à apercevoir sa petite voiture rouge une intersection devant moi. La douleur dans ma poitrine s'allégea, et je relevai le pied de l'accélérateur pour la suivre à une distance raisonnable, espérant qu'elle ne me remarquerait pas. Je souhaitais tellement savoir ce qu'elle allait faire. Des affaires en dehors de la pâtisserie ? Lesquelles ? Qu'est-ce qu'il se passait, et pourquoi je n'étais pas au courant ?

Parce que tu refuses de la prendre pour compagne, idiot.

Je soupirai et changeai de voie, gardant sa petite berline en vue. Mon ours intérieur faisait les cent pas en moi, grognant et grondant alors que sa compagne s'éloignait. Notre compagne. Je ne pouvais pas la garder. Je ne devais pas.

Mais j'en avais envie.

Putain ce que j'en avais envie.

Madeleine se gara devant la librairie où je l'avais vue la veille. Le jour où elle avait paru nerveuse et distraite. Le jour où je l'avais sentie sur l'autre homme. Voyait-elle quelqu'un ? Cette pensée me fit presque suffoquer, coupant ma respiration un instant. Elle avait toujours été là, même quand je me disais que je ne pouvais pas l'avoir. Même quand j'avais laissé beaucoup trop de distance entre nous. Si un autre gars s'était ajouté au tableau… entre nous. Si je l'avais perdue avant même de l'obtenir…

Mon ours intérieur pleura son chagrin.

— Je t'entends, mon grand.

J'attendis jusqu'à ce que Madeleine entre dans la boutique pour la suivre, pour découvrir ce qui se tramait. Appréhendant la vérité, mais trop impliqué pour m'arrêter. Une vieille dame aux cheveux naturels était assise derrière la caisse.

— Je peux vous aider, monsieur le maire ?

Oui. Pas d'anonymat à Kinship Cove. Autant être honnête.

— Je crois avoir vu une des filles qui travaillent à la pâtisserie rentrer ici.

— Oh oui ! Madeleine est là.

Elle sourit et hocha la tête en direction de l'arrière-boutique.

— Pourquoi ne pas jeter un coup d'œil à notre section histoire locale ? Je suis sûre que la jeune fille va redescendre dans quelques minutes.

— Elle n'achète rien ?

— Oh non ! Madame Madeleine ne prend plus grand-chose maintenant, pourtant elle faisait partie de mes meilleurs clients. C'est dommage de constater à quel point cette vieille maison dirige sa vie.

La vieille maison, ma maison de famille. Celle qu'elle avait acquise alors que j'étais conscient qu'elle devait être détruite.

— Dirige sa vie ?

— Eh bien, évidemment, je ne connais pas tous les détails. Mais la semaine dernière, elle avait un problème avec le nouveau toit et le couvreur qui demandait plus d'argent pour le réparer. Elle se renseignait dans les livres de bricolage. Je lui ai dit qu'elle n'aurait pas dû le faire faire par Peterson Couverture.

Peterson Roofing. Coyote-garou, ex-petit ami de Parker, et un trompeur dans tous les sens du terme. J'essayais d'annuler sa licence de construction depuis plusieurs années, mais il y avait toujours quelque chose qui venait détourner mon attention de ce problème-là. Madeleine l'avait engagé ? J'aurais pu l'orienter vers une meilleure entreprise. Qu'est-ce qu'elle avait pensé ? Qu'est-ce qu'elle...

Un homme descendit l'escalier. Il ne ressemblait à aucun lecteur que j'avais connu et il m'était pourtant bizarrement familier. Le type de la veille, celui qui avait retrouvé Madeleine exactement à cet endroit. Il se précipita dehors, les épaules relevées, la tête baissée. Il se cachait. Il voulait être invisible. Putain de parasite. Je fis deux pas vers les escaliers quand une voix sévère m'arrêta.

— Ne montez pas maintenant.

La vieille dame me jeta un regard inflexible.

— Elle va descendre bientôt.

— Il avait l'air louche.

— Il l'est peut-être, mais madame Madeleine va bien. C'est pour cela qu'elle vient traiter ici. C'est un endroit sûr.

Alors, la libraire en savait plus que moi. C'était douloureux.

— C'est quel genre d'affaires ?

— Je pense que c'est à elle que vous devriez poser cette question.

Peut-être. Ce pouvait être piégeux, cependant. Mais il y avait quelqu'un d'autre qui était au courant de ce que Madeleine tramait. Quelqu'un qui n'avait probablement pas encore quitté son destin.

Je courus à la porte, ignorant la vieille dame qui criait mon nom et attrapant le derrière de l'homme qui venait d'arriver à sa voiture. Qui semblait encore plus coupable que dans la boutique.

— Eh, vous !

J'accélérai quand il leva le regard. La peur dans ses yeux était un signe clair qu'il courrait s'il pensait pouvoir m'échapper.

Il n'en était pas capable, mais il l'ignorait encore.

— Je m'en allais.

Sa voix tremblait, la peur le faisait transpirer. Au moins, il avait raison d'être effrayé.

— Attendez une seconde. Je veux savoir pourquoi vous étiez à la librairie.

— Je cherchais de quoi lire.

Bien sûr. Je voulais en dire plus, lui poser cent questions. Comment connaissait-il Madeleine ? Que fabriquaient-ils ensemble ? Mais à ce moment, le vent tourna, et une odeur qui obligea mon ours à se lever sur deux pattes et à grogner rencontra mon nez.

Madeleine.

Il sentait *ma* Madeleine.

Je lui bondis presque dessus, le plaquant contre le capot de sa propre voiture.

— Qu'est-ce que vous lui avez fait ?

Il tomba en arrière, ses yeux grands ouverts et paniqués.

— Rien. Je n'ai rien pris qu'elle ne souhaitait pas que je prenne.

— Et qu'est-ce qu'elle voulait que vous preniez ?

— Écoutez, c'est seulement un petit échange. Je lui donne l'argent dont elle a besoin, et elle me donne… ce dont j'ai besoin.

— Et qu'est-ce que c'est ?

Il passa sa langue sur ses lèvres, ses yeux tournaient dans tous les sens.

— C'est pas illégal, vous savez.

Pour l'amour du ciel, ce mec et ses moitiés de réponses.

— Qu'est-ce qui n'est pas illégal ? Qu'est-ce que vous lui achetez ?

Sa main tremblait quand il la plongea dans sa poche et en sortit un morceau de tissu. Rose brillant, satiné, et assez petit pour tenir dans son poing, l'objet volait toute mon attention. Mon ours intérieur renifla, échappant presque à mon contrôle alors que les effluves de Madeleine s'amplifiaient, devenaient plus profonds, plus forts, plus savoureux, me faisaient saliver. Il ouvrit ensuite sa main, et mon cœur s'arrêta presque.

Une culotte.

Rose avec une bordure blanche en dentelle. L'odeur de ma compagne. Dans la main d'un autre homme.

Ma vision s'accentua quand mon fauve se précipita au-devant de mon esprit, se délivrant pratiquement de ma maîtrise et prenant les choses en main. Je m'étais quasiment transformé quand je repris les rênes, de la fourrure avait commencé à pousser avant que je me ressaisisse. Mais la partie animale ne se retira pas aussi vite que j'en avais besoin. J'arrachai le tissu de sa prise, lui donnant un coup de griffes, coupant la peau de sa paume et ne me sentant absolument pas coupable pour le sang qui coulait sur sa peau blanche.

La rage transpirait des mots au moment de lui demander :

— Qu'est-ce que vous foutez avec ça ?

Il ouvrit la bouche pour répliquer, mais une réponse plus douce arriva de derrière moi.

— Jericho ?

Je me tournai, laissant échapper un grognement au moment où la seule femme que je n'aimerais jamais, la seule qui compterait vraiment pour moi, anéantissait mon contrôle. Mon ours cassa la laisse avec laquelle je le tenais, brisant aussi mon lien à l'humanité, et l'instinct animal l'emporta. *Ma compagne. La mienne. Je la veux.*

Je lançai l'homme sur le côté et orientai la tête vers Madeleine, sans la quitter des yeux une seconde. Sans lui laisser le répit de mon regard.

Elle brillait face à moi.

— Qu'est-ce que tu fais là, à effrayer les gens ?

Elle observa par-dessus mon épaule, une porte de voiture claqua derrière moi, certainement le type que j'avais jeté.

— Ryder a l'air mort d'inquiétude.

Ryder. Comme si c'était son *vrai* nom. Il avait plutôt la tête d'un Eugene.

— Il a bien raison.

Je libérai la culotte rose toujours enfermée dans ma main.

— C'est dangereux de prendre ce qui ne nous appartient pas dans une ville remplie de métamorphes.

Elle considéra la boule de tissu, son visage devint terne au moment où ses yeux semblaient vouloir me brûler vivant.

— Comment t'as eu ça ?

— Je l'ai prise à ce gamin.

— Tu as ruiné ma transaction. Maintenant, je vais devoir le rembourser.

— Tu vends tes… sous-vêtements ?!

Si son sourcil, levé comme une arme, pouvait parler, il aurait dit *Espèce de crétin*.

— Mes culottes. Je vends mes culottes, oui.

Pas d'hésitation. Pas de peur. Pas de… réserve. La petite Madeleine parut soudain beaucoup plus adulte qu'habituellement, et ça m'attirait beaucoup. Mais quand même…

— Pourquoi ?

— Ça ne te regarde pas.

La tête haute, elle pivota comme pour partir. Comme si j'allais la laisser faire.

— Comment ça, ça ne me regarde pas ?

J'attrapai son coude et la retournai, l'homme en moi se battant contre l'animal. *Sois délicat. Prends-la. Tu ne peux pas l'avoir. Elle est à moi.*

Madeleine explosa.

— Laisse-moi tranquille.

— Pas tant que tu ne m'écouteras pas.

— Ce n'est pas comme ça que les choses fonctionnent.

— Qu'est-ce que c'est, ça ?

Je lui montrai la culotte rose. Elle tenta de me l'arracher, mais il était hors de question de lâcher ma prise.

— À quoi tu joues, Madeleine ? Vendre quelque chose qui t'appartient et qui devrait être réservé à…

— À quoi ? Ou plutôt, à qui ? Parce qu'en ce moment, personne n'a l'air de vouloir de ce que j'ai à offrir, à moins de me payer pour cela.

Ça faisait mal. Très mal.

— Moi, je le désire.

La confession ébranla mon âme. Trop vraie, trop honnête. Trop terrifiante. Mais je la convoitais, je la convoitais tellement que je ressentais la douleur du manque jusque dans mes os.

Et j'étais fatigué de ne pas l'avoir.

Sans un mot de plus, je l'attrapai par les hanches et la soulevai. Elle poussa un petit cri, mais ne me chassa pas, ne me demanda pas d'arrêter. En fait, elle attrapa mes bras et s'accrocha fermement. Elle s'agrippa à moi.

— Jericho, qu'est-ce que...

— J'en ai marre de lutter contre ça.

Je posai ses fesses contre le capot de ma voiture, remontai sa jupe au-dessus de ses collants serrés et écartai ses genoux pour me tenir entre eux. Pour m'approcher de l'endroit secret, celui que je ne devais pas regarder. Celui dont j'avais besoin, plus que de l'eau ou de l'air.

Madeleine aurait dû être interpellée ou effrayée. À la place, elle semblait posée. Calme, même, quand elle murmura :

— Alors, arrête.

Je gémis presque quand ses jambes entourèrent ma taille et m'enfermèrent contre elle. Pour l'amour du ciel, cette femme était si *petite* en comparaison avec moi. Presque fragile. Quelqu'un dont je devais prendre soin.

— Ne dis pas ça.

— Pourquoi pas ? Je suis à toi, Jericho. Je l'ai toujours été. Pourquoi te battre autant ?

Je n'étais pas capable de répondre à sa question, mais je pouvais l'embrasser. Alors, je m'exécutai, un baiser profond, dur et affamé. Je l'embrassai, cédant aux feux de trop d'années de résistance. Je l'embrassai avec tout mon corps, l'étreignant de mes bras quand mes lèvres dévoraient les siennes. Quand nos hanches s'assemblaient d'une manière voulue par le destin. Tellement bonne, tellement délicate, ma douce Madeleine. Tout en elle paraissait divinement fait pour moi. J'en souhaitais plus. Je désirais tout.

Mais même étant bête, je voulais plus que tout son goût sur ma langue. Pas seulement sa bouche, oh non ! Même si sa langue caressant la mienne était la meilleure chose qui me soit arrivée, ce n'était pas assez. Respirer son air n'était pas assez. Courber son dos contre le capot de ma camionnette jusqu'à ce qu'elle soit sous moi n'était pas assez. J'avais besoin de la toucher, de la goûter, de la regarder s'effondrer grâce à moi. Je le requérais, et rien ne m'interromprait sauf elle.

J'arrêtai de l'embrasser, grognant doucement à ses gémissements.

— J'en veux plus.

— Tout ce que tu désires, souffla-t-elle dans un murmure rauque dont l'odeur descendit le long de ma colonne vertébrale. Je suis à toi.

Et parce que j'étais persuadé qu'elle ne pouvait penser ces mots, malgré l'idée qu'elle voulait de moi pour compagnon qui donnait envie à mon ours de célébrer son pouvoir, je me retins. Elle n'avait aucune idée de ce que ce genre de choses impliquait pour les métamorphes. Elle était humaine, et tellement plus jeune que moi. Je devais avancer prudemment.

Après avoir goûté un peu.

Sans un mot de plus, je la redressai et la portai jusque dans une ruelle à côté de la librairie. Les ombres régnaient là-bas, un petit parking presque vide était visible depuis l'entrée de la venelle. Ce n'était pas parfait, pas du tout ce qu'elle méritait, mais c'était suffisant pour ce qu'il me fallait. Donner à ma compagne un aperçu de ce que ça pourrait être. De ce que ça *serait*. Un jour.

— Qu'est-ce que tu fais ? questionna Madeleine quand je la déposai sur une table de pique-nique abandonnée.

Elle était sous un auvent qui créait un coin silencieux et ombragé contre le bâtiment. Parfait pour mes intentions.

— Je prends ce dont j'ai besoin, indiquai-je.

Je descendis toute la longueur de son corps, poussant sur ses genoux pour qu'elle les ouvre, pour moi. Je ne trouvai aucune résistance dans son corps. Seulement ce que je désirais. La fille était prête. Si prête. Et à moi.

Encore quelques mois.

— Jericho, gémit-elle, comme si je n'allais pas lui donner ce qu'elle espérait.

Ce dont elle avait envie. Était-elle bête ?

— Ça va, ma douce. Je vais m'occuper de toi.

Sans m'arrêter, sans hésitation, ou un délai ou tout autre mot qui signifierait « prendre mon temps », je plongeai, m'enfonçai avec un grognement pour lécher la chair visible de son sexe. Mon corps entier frémit à son goût, à la chaleur contre moi. Pour l'amour du ciel, je n'en aurais jamais assez d'elle. De son odeur, de la sensation de sa peau contre ma langue, de son goût. Je pourrais la manger tous les jours, tout le temps, j'aurais *toujours* faim d'elle.

Au diable les élections et la ville. Faire jouir ma compagne avec ma bouche serait mon héritage.

Madeleine geignit longtemps et fort, et ses doigts attrapèrent mes cheveux et les tirèrent. Elle était ailleurs, vraiment. Petite chose exigeante. J'aimais cela. J'en avais de plus en plus envie, de plus en plus fort, à mesure qu'elle me prouvait combien je lui plaisais. Je la lapai, encore et encore, grondant doucement, enlevant ses collants et ne lui laissant pas une seconde le répit de ma langue gourmande. Une fois, deux fois… d'avant en arrière. Super, de larges coups de langue contre sa chair avant de me concentrer sur son petit clitoris et de presser ma langue dessus. Madeleine se courba et grogna, me retenant contre son sexe alors que ses jambes s'ouvraient de plus en plus large. Elle se livrait à moi, se donnait à moi. Et je la prenais ; pour l'amour du ciel, je la prenais. Son goût sur ma langue, l'humidité de son corps enveloppant mes doigts quand je les enfonçais, ses doux gémissements à jamais dans mon esprit. Je m'emparai de tout.

Et quand elle vint, quand elle cria mon nom au monde et qu'elle me poussa encore plus près d'elle, quand mon membre sortit presque de mon pantalon, avide de sa propre libération, je murmurai silencieusement « tu es à moi » contre sa chair douce, mouillée. Je ne savais pas comment, ou quand, ou ce qui en découlerait, mais je la demanderais pour compagne de toute façon. Publiquement. Pour toujours. Probablement après les élections pour que Spencer ne puisse pas la prendre pour cible ou l'utiliser contre moi. Ce serait dur d'attendre, mais je le ferais pour garder ma petite amie à l'abri de l'opinion populaire. Seulement quelques mois de plus.

Et enfin, tout irait bien dans le monde.

Mais pressé contre son petit corps, alors que je tâtonnais pour ouvrir ma braguette et sortir ma queue douloureusement excitée, je devins stupide. Absolument, parfaitement, stupide.

Car au moment de pénétrer du bout de mon sexe ma compagne pour la toute première fois, je lui demandai :

— Pourquoi avoir vendu tes culottes à d'autres hommes ?

CHAPITRE 6

MADELEINE

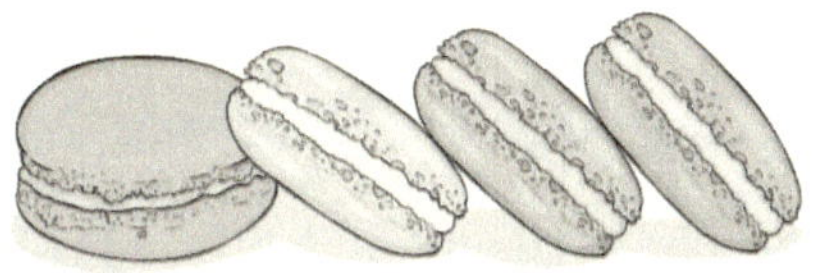

C'était mal, mal, mal. Tout était tellement mal, même si rien n'avait jamais semblé si bien.

— S'il te plaît.

J'entendais mon chuchotement. Je ne pouvais pas supplier comme ça. Non. Pas possible. Pas juste après la question qu'il m'avait posée, et pourtant les mots avaient dû sortir de ma bouche.

— Réponds-moi, Madeleine.

Seigneur, il prononçait mon nom entier. Pas le surnom enfantin quand il bougea les lèvres et enfonça sans sexe en moi plus profondément. Quand il se fraya un chemin dans mon corps désireux. J'étais si pleine, de lui, de joie, d'espoir, mais cette question, ces huit mots, c'était plus que je n'en pouvais supporter.

— Jericho, s'il te plaît. J'ai besoin…

Je gémis et laissai ma tête retomber en arrière, me courbant sous les sensations qui prirent possession de mon corps quand il s'insinua plus loin et s'arrêta. J'essayai de le tenir plus proche, plus fort, de le forcer à remuer, mais il aurait aussi bien pu être une montagne à cet instant. Il refusait simplement de se mouvoir.

— Putain, tu es si étroite. Pourquoi es-tu si étroite ?

Jericho se pencha et planta un baiser doux et léger sur mes lèvres, avant de se glisser hors de moi doucement. Trop doucement.

— Ça va ?

J'étouffai un rire et le serrai plus près de moi, ayant subitement besoin de sentir sa chaleur sur mon corps.

— Ça m'a l'air d'aller, oui.

Il grogna, bougea un peu plus vite, s'enfonça un peu plus loin. Et moi ? Je pris cela. Je pris tout. Chaque va-et-vient, chaque fois que son sexe me pénétrait, chaque fois que sa peau caressait la mienne. J'acceptai tout et le gardai pour plus tard. Je rejouerais ses souvenirs pendant des années, profiterais de chaque seconde à me rappeler ces instants pour me concentrer sur les détails. Le bois rugueux sous mon dos, les caresses des poils du torse de Jericho contre moi, ses petits grondements dès qu'il s'enfonçait. Le soleil brillait fort derrière les arbres, le ciel arborait un bleu un peu plus profond que je n'en avais jamais vu. Quelque part un peu plus loin, la portière d'une voiture claqua. Et l'homme de mes rêves, la seule personne avec qui je ne voudrais jamais faire ça, la seule personne avec laquelle je me sentirais à l'aise, était sur moi. En moi. Complètement enroulé autour de moi. Et j'adorais cela.

— Oh, putain, Madeleine ! Tu es tellement parfaite. J'ai toujours su que tu serais si parfaite.

Jericho attrapa ma cuisse et poussa ma jambe, m'ouvrant à lui plus largement.

— J'ai rêvé de ça, tu sais. De prendre ma compagne. Je ne peux pas croire que je t'ai.

Je l'ignorais. Je l'ignorais, alors je secouai la tête et m'accrochai à ses bras, en lâchant comme une plainte :

— Jericho.

— Je sais, ma douce, je sais.

Il poussa plus fort, se pencha sur moi pour m'embrasser encore, un baiser plus profond cette fois. Plus long. Il arrêta le baiser seulement pour murmurer contre mes lèvres :

— Je rêve de ça nuit et jour depuis des années, ma douce. Quotidiennement. Je te veux depuis si longtemps.

Je souhaitais qu'il me dise ces mots depuis toujours, et il les prononçait enfin. Posés, grognés et murmurés dans un moment aussi intime. Mon cœur avait envie d'exploser. De voler haut dans les nuages et célébrer. Au lieu de cela, j'entourai les hanches de Jericho de mes cuisses et lui révélai la seule chose dont j'étais capable. Ma seule vérité :

— Je t'aime depuis tellement d'années. Je n'ai jamais désiré un autre homme, et je suis si heureuse que ma première fois soit avec toi.

— Ah ! putain. Je ne peux pas… peux pas croire. À moi. Toute à moi.

Rythme entrecoupé, il s'enfonçait plus loin, grognant mon nom à chaque poussée, enfouissant son visage dans mon cou tandis qu'il glissait sa main entre nous pour trouver mon clitoris. Et pour le trouver, il le trouva. Une caresse avec son doigt large et dur, puis je partis, mon corps bouillonnait, ma bouche s'ouvrait seule, et mes jambes tremblaient comme chaque partie de mon corps bloqué et concentré sur le plaisir qui me submergeait.

Jericho gronda et me suivit, se raidissant au moment de venir. Lorsqu'il gémit, feula et s'enfonça plus profondément en moi. Pourtant, il me tenait toujours. Il gardait mon corps sous le sien, me maintenait dans ses bras, chaude, en sécurité et protégée du monde.

— Tu es à moi, mugit-il, son corps tremblant une dernière fois.

Je glissai ma main dans ses cheveux, profitant de sa chaleur. Du poids en moi.

— Je suis à toi.

Il ne répondit pas avec des mots, il m'embrassa seulement la poitrine et me lécha jusqu'au cou. Me goûtant. Savourant l'instant.

Du moins, jusqu'au moment où il ouvrit la bouche.

— Je suis conscient que ce n'est pas vraiment le moment, mais je dois savoir. Pourquoi vends-tu tes culottes à d'autres hommes ?

À nu. Je ne m'étais jamais sentie aussi mise à nu. Je fus même incapable de le regarder pour expliquer :

— Ils paient très cher pour les avoir.

— Pourquoi ?

— J'imagine que c'est parce qu'ils n'arrivent pas à avoir de copine.

Jericho me mordit le cou et me pressa plus fort contre lui.

— Non. Je sais pourquoi ils les *achètent*, mais pour quelle raison les *vends*-tu ?

Parce que tu as dit que des hommes me sentiraient, et ils m'ont sentie. Parce que j'avais besoin que quelqu'un trouve en moi quelque chose d'attirant. Parce qu'essayer de maintenir une fausse connexion avec toi coûte beaucoup plus que je ne l'imaginais. Que des vérités, mais que je ne pouvais pas admettre. Alors, j'inventai un peu.

— La maison est vétuste, et j'avais besoin de plus d'argent que ce que me rapporte la pâtisserie pour la rénover. Tous les mois, il y avait une nouvelle surprise, des réparations à faire ou des choses à remplacer. Un deuxième travail n'était pas vraiment une option avec mes horaires, et ça rentre parfaitement dans mon emploi du temps.

— Je ne comprendrai jamais pourquoi tu as acheté cette vieille baraque.

— Quelqu'un devait la sauver.

Mes doigts couraient de haut en bas de ses bras, je retenais ce qui semblait être des larmes.

— C'est l'endroit où je me suis enfin sentie bien après la mort de mes parents. Où tu m'as montré ton ours pour la première fois. J'ai des souvenirs joyeux là-bas.

Jericho se recula juste assez pour me regarder dans les yeux. Les siens étaient d'ambre, si noirs et grands dans la lumière ombragée.

— Pourquoi ne m'as-tu pas demandé de l'aide ?

— Tu n'étais pas là.

— J'ai toujours été…

— Pas comme ça.

Je le serrai plus près de moi et caressai son torse.

— Pas de cette manière. Tu as toujours été un ami, mais jamais tu n'as déclaré que tu voulais plus. En réalité, tu as même clairement dit que tu ne désirais rien de plus. Avec moi.

Il s'écarta de mon corps, compensant le manque en me couvrant encore une fois et en m'embrassant sur tout le visage.

— Je t'ai toujours voulue. Toujours. Pourtant, je n'aurais jamais cru t'avoir. Mais je t'ai toujours, toujours, convoitée.

— Je l'ignorais.

— C'est ma faute, ma douce. Seulement la mienne. Mais je vais réparer ça. J'ai simplement besoin...

La sonnerie de son téléphone l'arrêta au milieu de sa phrase, un grognement sourd sortant de sa poitrine quand il jura et laissa tomber sa tête sur mon épaule.

— Je dois répondre.

— Pas de problème.

Et c'était vrai. Cet homme était maire. Un boulot difficile, même dans les meilleures conditions. Je me redressai et l'observai alors qu'il sortait son téléphone de sa poche et s'éloignait sur le parking, retournait au soleil où les gens pouvaient voir ses cheveux décoiffés et sa braguette à moitié ouverte. Ce gars paraissait attirant et débauché, littéralement comme je l'imaginais dans mes fantasmes. Non, pas exactement pareil. Mieux.

Du moins, jusqu'à ce qu'il revienne vers moi.

Un détail dans ce regard, dans l'expression de son visage, suggérait qu'il parlait de moi. Et il n'était pas content.

Au moment où il raccrocha et revint vers l'auvent, j'étais à moitié paniquée.

— Qu'est-ce que c'est ?

— Une réunion électorale d'urgence.

— Quelque chose ne va pas ?

— Non, lâcha-t-il, mais ses yeux criaient oui.

— Tu voudras passer après ? Pour discuter ou autre ?

Il secoua la tête.

— Il sera sûrement tard.

Tard. Bien sûr. Trop tard pour mettre de l'énergie à rendre sa compagne heureuse. Trop tard pour s'adonner à une autre activité.

Trop tard pour mon bonheur.

— D'accord alors, dis-je, me relevant de la table et le poussant pour passer. Tu devrais y aller.

— Maddy, je…

— Arrête.

Je me tournai, la rage brûlant mon corps et ma poitrine.

— Arrête de m'appeler Maddy. Je déteste ça.

Il leva les mains et recula, l'air confus.

— D'accord, désolé, je ne savais pas.

— Bien sûr que non, tu n'as jamais pris le temps de me demander.

— Madeleine, je…

— *Dois aller à ma réunion.* J'ai compris. Alors, vas-y.

Mais il ne bougea pas. À la place, il attrapa mon bras et me tira jusqu'à ce que mon dos touche sa poitrine.

— J'ignore ce qu'il vient de se passer, mais je ne veux pas laisser les choses en l'état.

Son téléphone sonna de nouveau, le faisant rugir. Me laissant une chance de m'échapper de son étreinte, même si elle était agréable. Même si c'était terriblement douloureux de m'en aller.

— Tu devrais décrocher. C'est peut-être important.

— Arrête, lança-t-il en courant vers moi, grognant quand je m'extirpai de sa prise. Merde alors ! Qu'est-ce qui ne va pas ?

Et je me lâchai.

— Ce qui ne va pas, c'est que tu viens de me baiser sur cette table et que tu ne peux plus attendre pour t'en aller maintenant. Ce qui ne va pas, c'est que j'aimerais savoir ce qu'il vient de se passer entre nous en dehors d'un rapport, mais tu n'as pas de temps à m'accorder, même quand je te propose de m'arranger selon ton emploi du temps. Ce qui ne va pas, c'est que je crois que cette attirance que j'ai ressentie pour toi toutes ces années n'est pas si bien pour moi, après tout.

— Madeleine, arrête. Ce n'est pas…

Son téléphone sonna de nouveau, et je soupirai.

— Réponds. Va à ta réunion. Fais ce que tu veux. Je rentre chez moi.

Je me tournai et me précipitai vers ma voiture, trop énervée pour marcher calmement. Trop frustrée pour ne pas faire crisser mes pneus en quittant ma place. Je fonçai jusque chez moi comme si un démon me poursuivait dans les rues de Kinship Cove. Je n'aurais pas dû être si effrayée, il n'y avait pas de démon en ville. Purée, même pas un ours-garou pour me pourchasser pendant ma route.

Quand j'ouvris enfin la porte d'entrée de la maison, Matilda m'avait préparé une surprise. De l'eau. Partout. Fuyant du toit, depuis le grenier jusque dans toute la maison à deux étages, s'écoulant des escaliers et sortant de la porte d'entrée. J'essayai de monter les marches pour aller voir ce qu'il se passait, mais mon pied passa au travers du plancher dès le premier pas, et je tombai à la place. Dans l'eau. Froide et dégoûtante.

— Bien, criai-je, étendue dans la saleté qui recouvrait le sol en bois. J'abandonne. T'as gagné, d'accord ? C'est terminé.

Terminé avec la maison.

Terminé avec Jericho.

Peut-être même terminé avec tout Kinship Cove.

Seulement… terminé.

CHAPITRE 7

JERICHO

L'élection qui approchait était nulle.

Ne pas pouvoir tuer Spencer était nul.

Ce foutu mariage où j'avais été forcé de me rendre était nul.

En gros, ma vie était nulle.

Elle ne s'arrangea certainement pas quand Parker se glissa dans le siège à côté du mien. Nous étions assis en silence pendant qu'un analyste des réseaux sociaux ronronnait à propos d'une publication de Spencer. Une publication qui avait justifié une réunion avec toute mon équipe pour préparer une réponse. C'était *ça* la chose si importante qu'elle m'avait arraché à ma compagne à qui j'avais enfin – *enfin* – cédé et dérobé un peu de son goût.

Les réseaux sociaux étaient nuls.

— Tu peux arrêter ? murmura Parker, détournant mon attention de la nullité qu'était devenue ma vie. Tu regardes ce pauvre gars avec un air tellement énervé. Tu vas l'effrayer.

— Il aurait raison d'avoir peur. Qui en a quoi que ce soit à faire de ça ?

— Presque chaque habitant de Kinship Cove, voilà qui.

Je regardai l'écran une nouvelle fois, une présentation d'un réseau social sur lequel je ne m'étais jamais inscrit, mais il y avait un compte au nom du maire sur lequel les autres gens pouvaient poster des choses. Où Spencer avait pris l'habitude de me déclarer faible, mou… lâche. Il avait écrit tout l'après-midi, chaque publication étant plus outrageante que la précédente. Il avait traîné ma famille dans la boue et s'était insurgé du fait que j'avais engagé ma sœur, disant que c'était tout simplement du népotisme. Peu importe qu'elle ait une maîtrise, qu'elle ait dirigé des campagnes plus importantes que la mienne et travaillait presque gratuitement pour ne pas ruiner la ville. Spencer ne s'embêtait pas à chercher la vérité dans une situation, il publiait simplement un communiqué qui enflammait la ville, et les habitants étaient remontés pour rien. Le métamorphe n'avait pas les couilles de me balancer ça en face, mais derrière son clavier, il devenait bien bavard, cet emmerdeur. Il avait même évoqué les sœurs Chance et leur pâtisserie, demandant pourquoi j'étais là-bas tous les jours. Sous-entendant qu'il se passait des choses fâcheuses. Il n'avait pas nommé une sœur en particulier, mais je considérais toujours que cette attaque était dirigée contre Madeleine.

Plus jeune, je me serais battu contre lui et l'aurais renvoyé à sa fierté.

Mais je n'étais plus jeune. Alors, à la place, j'avais écouté des experts en réseaux sociaux et des rédacteurs se disputer pendant quarante-cinq minutes sur les mots à employer en dénégation. Une dénégation écrite et postée à la place d'un règlement de comptes.

Ma vie = la plus nulle.

Parker soupira et se pencha vers moi.

— Sérieusement, qu'est-ce qui ne va pas ?

Je consultai l'écran de mon téléphone, comme une centaine de fois déjà au cours de la dernière heure, pour voir si Madeleine m'avait répondu. Peine perdue.

Ce qui signifiait que j'allais peut-être avoir besoin d'aide. Ça allait faire mal.

— Je crois que Madeleine est en colère après moi.

— Elle a raison. Tu la laisses de côté depuis des années.

— Oui, enfin… sauf ce soir, je ne l'ai pas ignorée.

Elle tourna vivement la tête vers moi.

— Qu'est-ce que tu as fait ?

Couché avec ma compagne sur une table de pique-nique sous un auvent dans une ruelle derrière une librairie. Ça sonnait mal et en même temps si bien.

— Je me suis relâché et je lui ai avoué qu'elle était la compagne que je voulais.

Je vis aussitôt le moment où Parker se rendit compte que j'avais commis quelque chose de très mal. Elle arrêta de sourire, ses yeux s'ouvrirent en grand seulement une seconde, puis son visage se réduisit au regard le plus noir qu'elle m'ait jamais lancé.

— Tu. As. Fait. Quoi ?

Je m'aplatis de quinze centimètres dans mon fauteuil et baissai les yeux vers le bureau.

— Je lui ai plus ou moins avoué mes sentiments.

— Plus ou moins.

— Enfin… on a… couché ensemble, Parker. Ne me dis pas que tu veux un dessin. Pas *toi*.

— Donc tu as couché avec ta compagne ; bravo, à propos. Et ensuite ? S'il te plaît, ne m'annonce pas qu'elle t'attend dans la voiture.

— Bien sûr que non. Je ne suis pas mauvais à ce point.

— Prouve-le. Qu'est-ce que tu as foutu ?

— Je lui ai expliqué que je devais venir ici, et qu'il serait tard quand je sortirais.

Parker pencha la tête et m'adressa un clin d'œil, ses lèvres formant une ligne très fine, plus impressionnantes que ses grognements.

— Laisse-moi deviner. Elle avait envie de te voir ce soir, et c'est à ce moment-là que tu as précisé que tu sortirais tard.

— Non. Enfin… Ce sont mes paroles, mais ce n'est pas ce que je voulais dire.

— Bien, tant mieux, parce qu'il semblerait que tu l'aies totalement écartée. Que tu aies pris ce que tu désirais, et décidé ensuite qu'elle ne méritait pas ton temps. C'est bien ça ?

Par tous les dieux, j'étais le plus gros idiot de la planète.

— Fait chier.

— Elle aussi, ça la fait chier. Alors, tu vas chez elle après, pas vrai ? Pour réparer le bazar que tu as mis ?

— Oui. Bien sûr. Qu'il soit tard ou pas.

— Et tu vas te faire tout petit ?

Je n'avais pas vraiment le choix.

— Profondément et sincèrement.

— Bon garçon.

Elle tapota mon bras et désigna l'écran, redirigeant mon attention.

— Maintenant, à propos de cette publication…

— Pour qui il se prend, ce mec ?

Tout le monde dans la pièce se tut et me regarda. Apparemment, mon chuchotement m'avait trahi. Oups.

— Pas vous, répondit Parker, souriant au hibou-garou qui nous avait présenté plusieurs réseaux sociaux et leur influence pour maximiser l'impact de notre publication.

Ou quelque chose dans le genre.

— Pas vous, répétai-je en accord avec ma sœur. Cet âne de Spencer. Pour qui il se prend ?

Le hibou-garou ajusta ses lunettes.

— Il pense être le prochain maire de Kinship Cove.

Ce qui ne pouvait pas arriver.

— Un homme comme lui, qui divise la communauté, qui ne nous rassemble pas. Il ne la renforce pas. Il n'a pas ce qu'il faut pour diriger cette ville.

— C'est la raison pour laquelle on est tous ici.

Parker était debout, elle marchait autour de la table et dans toute la pièce pour en prendre le contrôle. Dans son élément sans aucun doute.

— Spencer est le pire genre d'adversaire, il est effronté et malhonnête. Un menteur et un tricheur, complètement ignorant des règles de bienséance d'une élection et trop paresseux pour les apprendre. Il ne reconnaît pas la valeur du travail, il ne veut pas se battre pour gagner. Il veut la gloire sans l'effort.

Je reniflai.

— Quelle gloire ?

— Exactement. Il pense que ton boulot, c'est beaucoup de faste et de trompette. Tu lui donnes l'air d'être facile. Tu restes tranquille tout le temps et tu gardes le cap sur ce qui est bénéfique à Cove et à ses résidents.

— C'est mon boulot.

— Oui, eh bien… C'est le moment de perdre ton calme.

Et même si ma compagne me manquait, bien que je sache que j'avais déconné et que je filerais chez elle dès la fin de la réunion, les événements devenaient tout juste plus intéressants. Et deux heures plus tard, quand je sortis à toute vitesse, j'étais presque de bonne humeur. Presque. Je devais d'abord trouver Madeleine, pour lui présenter mes excuses. Pour m'agenouiller devant elle et lui prier de me pardonner d'être un tel idiot. Ensuite, je pourrais me prélasser dans la gloire que représentaient l'espoir et la possibilité. C'était la lumière au bout du long et sombre tunnel dans lequel je l'avais entraînée.

Mais Madeleine n'était pas chez elle. En réalité, la maison était là, sombre et silencieuse, l'air vide de toute vie. Je tournai autour pendant longtemps, faisant glisser mes doigts le long des murs de bois, voyant chaque défaut à l'extérieur de la vieille bâtisse. Comment Madeleine pouvait-elle s'occuper d'une telle baraque ? Et dans quel but ?

La maison soupira presque quand j'entrai sur le perron de derrière, la vieille structure se tenant telle que je la connaissais. Bruyante. Elle avait toujours été un bâtiment bruyant. Elle n'avait jamais eu l'air si perdue, cependant. Si abandonnée. Peut-être, comme Kinship Cove, avait-elle besoin d'un membre de ma famille pour être tenue correctement. Peut-être que Madeleine avait autant de problèmes avec elle parce que la demeure savait qu'il manquait un membre de sa famille.

Il est probable que je manquais à la maison autant que ma compagne me manquait.

CHAPITRE 8

MADELEINE

Se réveiller avec du glaçage dans les cheveux pouvait paraître mauvais pour la plupart des gens. Je n'étais pas la plupart des gens. Mais dormir sur le comptoir en acier inoxydable de la pâtisserie m'avait donné d'horribles douleurs au cou, et ma peau collant au métal avait rendu les choses encore pires. Tout comme la sensation de brûlure autour de mes yeux après avoir pleuré à cause de Jericho. Et de Matilda. Surtout de Jericho.

Et pourtant, quand j'eus enfin la force de tourner la tête et de regarder ce que j'avais fait, ce que j'avais fabriqué, rien d'autre ne compta. Le gâteau, un ours sur ses pattes arrière, rugissant au monde, était là, d'une hauteur d'un mètre vingt et d'un diamètre de soixante centimètres. *Massif* était un mot pour le décrire. *Impressionnant*, un autre. Je ne me vantais pas habituellement, mais j'avais vraiment repoussé mes limites. J'avais créé une pâtisserie qui rivalisait facilement avec la délicatesse de dentelle du vrai gâteau de mariage. Chaque aspect de l'animal semblait véritable, chaque détail coupé ou construit avec précision. Et ce n'était pas n'importe quel ours, c'était celui de Jericho. Je n'avais pas vu le fauve depuis des années, mais je m'en souvenais. Chaque personne en ville le reconnaîtrait aussi. Marron doré avec des tons plus sombres d'ombres au niveau de sa tête et de ses oreilles, des traînées argentées décorant la pointe de ses oreilles comme dans sa forme humaine. Des pattes de la taille d'une poêle à frire et une lueur dans ses yeux d'ambre qui aurait poussé des types inférieurs à lui à fuir complétaient l'apparence totale.

Oui, il n'y avait pas de quoi renier l'identité de la bête.

J'avais commencé à le cuisiner dans la douleur, puis dans la colère, mais à la fin, il était devenu une lettre d'amour à l'homme qui ne voudrait jamais de moi ainsi. Je le désirais. Peut-être une sorte de dernier au revoir. Lui faire savoir que j'avais vu chaque part de lui et que je les avais toutes aimées.

— Qu'est-ce que tu as foutu ?

Misty ferma la porte derrière elle, les yeux rivés sur le gâteau.

Je ne pus que hausser les épaules, ne l'attendant pas, mais cependant pas surprise qu'elle apparaisse dans la cuisine.

— J'ai confectionné un gâteau.

— Euh, non. Ce n'est pas un gâteau. C'est une œuvre d'art. Madeleine, tu t'es surpassée.

Elle arracha ses yeux de la pâtisserie pour regarder vers moi.

— Est-ce qu'il est au courant ?

C'est là que les larmes recommencèrent à couler.

— Oui.

— Et pourtant, tu es là, toute seule.

Je n'avais pas envie de parler de cette vérité, avec des questions, des réponses, et une étude en profondeur de ma non-relation avec Jericho et de ce que le gâteau signifiait. Je n'en étais pas capable.

— J'ignore quoi en faire.

Le gâteau. L'homme. La maison. Je pouvais être en train de parler de tout cela. Heureusement, Misty prit le problème en main.

— On va l'emporter au mariage avec l'autre.

— C'est un ours.

— Vraiment ?

Ses sourcils se levèrent comme pour signifier *Tu te moques de moi ?*

— Je n'aurais pas deviné.

— Mais c'est un mariage de loups.

Ce fut son tour de hausser les épaules.

— La nourriture, c'est de la nourriture, et l'art, c'est magnifique, peu importe le sujet. Les gens de la ville vont adorer ça.

Les gens de la ville. Les habitants. Des amis, de la famille et…

— Ils vont savoir que c'est lui.

— Ils pourraient s'en rendre compte, oui. C'est grave ?

Si c'était grave ? S'ils découvraient que j'étais amoureuse du maire, est-ce que ça leur importerait ? Son adversaire avait remué beaucoup de problèmes dernièrement, une sorte de négativité implicite dans ses discours et des publications sur les réseaux sociaux qui s'étaient avérées de plus en plus violentes et conflictuelles. Une sorte de… d'anti-Jericho, mais aussi un sentiment d'anti-n'importe qui n'étant pas un métamorphe. Il avait même parlé de notre boutique la veille au soir, relatant que Jericho s'arrêtait à la pâtisserie tous les jours et pas seulement pour acheter à manger. Et peut-être que c'était vrai, il l'avait basiquement avoué hier sous l'auvent, mais est-ce que cela comptait ? Si la ville apprenait mon amour pour Jericho, mais qu'il ne le recevait pas puisqu'il ne me voulait pas, est-ce que ça changerait quelque chose ?

Est-ce que ça m'empêcherait de fuir ou, au contraire, m'inciterait à courir encore plus vite ?

Seul le temps le dirait.

— Non. C'est pas grave.

— Alors, on le prend. Maintenant, va te laver, tu as l'air d'une SDF.

Vicieuse. Toujours autant vicieuse.

— Je ne suis pas une SDF.

— Vraiment ? Alors, tu vas peut-être m'expliquer pourquoi tu as du glaçage vert sur toute ta joue gauche.

Elle rit en me voyant porter la main à mon visage pour vérifier ; ouaip, collant.

— Désormais, va te nettoyer, sale bête. Ces gâteaux ne vont pas se livrer tout seuls.

Les pâtisseries étaient lourdes. Même à deux et en s'aidant de chariots à roulettes, lever, tirer, pousser et faire glisser deux montagnes de sucre, de farine, de glaçage à la crème au beurre et de fondant avait été bien plus sportif que ce à quoi mon corps douloureux s'était attendu. J'avais mal au dos, mes hanches criaient, et mes pieds n'étaient pas contents d'être coincés dans des talons hauts de dix centimètres, mais je partis tout de même au mariage de Nico et Fiona la tête haute, le rouge à lèvres brillant, et sans larmes dans mes yeux. J'avais des mouchoirs dans ma pochette, seulement au cas où.

— Oh ! tu es si jolie.

Parker, la sœur de Jericho et sa directrice de campagne, m'attrapa le bras.

— Il va être ravi de te voir.

Je dus apaiser mon cœur pour empêcher l'espoir de le faire battre.

— Je ne sais pas de quoi tu parles.

Son haussement de sourcil mauvais m'indiqua qu'elle savait que je mentais.

— Écoute, on a deux minutes avant que la magie rayonne, alors laisse-moi aller à l'essentiel. Mon frère est un idiot.

— Il n'est pas…

— Arrête. Il l'est. Un crétin qui essaie de son mieux de maintenir un héritage familial qu'aucun homme ne devrait avoir sur les épaules, surtout pas seul. Il y a aussi ce trou du cul de Spencer, qui semble aimer s'occuper de la vie de Jericho et en disséquer chaque partie.

— Pourquoi tu me dis ça ?

— Je sais que tu ne t'en rends pas encore compte, mais il te protège.

Elle sourit à quelqu'un qui passait et baissa la voix en m'accompagnant jusqu'à mes sœurs.

— Si Spencer découvre que tu es la compagne de Jericho, il va fouiller dans toute ta vie et Cove verra tout. Il modifiera les faits pour les conformer à son programme, il ne laissera que les os pour que les loups les rongent.

— Ça a l'air horrible.

— Ça l'est, et si ça devait arriver, Jericho serait en quête de sang. Alors, même s'il est idiot – ne prétends pas qu'il ne l'est pas –, c'est un idiot qui commet toutes les mauvaises choses pour de bonnes raisons. Tu es peut-être perçue comme la plus douce des sœurs Chance, mais on est conscientes que c'est faux, n'est-ce pas ?

Mon cœur bégaya.

— Je ne sais pas…

— Si, tu sais. Et ne crois pas que je te juge parce que ce n'est pas le cas, une fille doit gagner cet argent. Mais si Spencer l'apprend, il te crucifiera pour ça, et Jericho deviendrait fou furieux si le gars avait le culot de s'attaquer à sa compagne. Ensuite, Spencer dirait que Jericho est trop faible pour contrôler sa compagne et son ours, alors comment pourrait-il diriger la ville. Tu vois comment ça fonctionne ?

Je voyais. Je voyais complètement. Et je détestais ça.

— Qu'est-ce que je devrais faire ?

— Reste forte, sois prête à te défendre, et s'il se trouve que tu couches avec lui, prépare-toi à passer à l'offensive ensuite.

— Mais ça ne va pas rendre les choses encore pires ? Exacerber la colère de ce Spencer ?

— Les hommes en colère commettent des erreurs, et les mecs comme Spencer ont tendance à montrer leur ignorance quand ils sont confrontés à des femmes intelligentes et audacieuses. Il ignore comment débattre avec nous parce qu'il ne nous considère pas comme des adversaires à son niveau. C'est à celui qui a la plus grosse, mais on n'en a pas, alors il n'a aucune idée de comment se comporter.

Elle nous arrêta à une rangée de chaises et se pencha pour me prendre dans ses bras.

— J'espère qu'il te reste encore un peu de patience. J'aimerais vraiment pouvoir connaître une nouvelle sœur.

Et sur ce, elle partit, me laissant avec *mes* sœurs. Ginger était assise à côté de son dragon, penchés l'un sur l'autre et murmurant doucement de temps en temps. Coco tenait la main de son loup-garou, l'air tous les deux rigides. Je ne pouvais pas leur en vouloir, Coco était sortie avec le marié, et son compagnon était le père de celui-ci. Chaque personne dans la salle pouvait deviner comment ça s'était passé, aussi facilement que le résultat de deux plus deux. Et je pensai que ma vie, parfois, pouvait être gênante.

J'attrapai la chaise à côté de Coco et lui donnai un coup d'épaule.

— Ça me fait plaisir de te voir.

Elle semblait avoir un sourire forcé.

— À moi aussi. Tout va bien ?

Non.

— Bien sûr. Je suis ravie de te revoir, Magnus.

Le compagnon de Coco, avec son rictus magnifique et ses cheveux poivre et sel, saisit ma main.

— Madeleine. Tu es très jolie.

— Éblouissante, je dirais même.

Kingston, dragon-garou totalement charmant, me sourit.

— Si je n'étais pas en colère, j'essaierais bien de t'enlever ta robe.

Charmant. Avant que je puisse répondre, un poids lourd ébranla la chaise à côté de moi.

— La seule personne qui t'enlève ta robe, c'est moi.

Jericho, dans toute sa gloire, bien habillé, musclé. Ses cheveux n'étaient pas aussi gris que ceux de Kingston, mais ils étaient quand même un peu argentés. C'était quelque chose que je n'avais pas manqué de remarquer : mes sœurs et moi avions à l'évidence une attirance pour les hommes plus vieux. Dommage que le mien n'avait rien pour moi.

— Je crois que c'est à moi d'en décider, Jericho. Tu ne devrais pas être avec tous les autres élus ?

— Je préfère être ici.

— Et si je ne veux pas que tu sois assis ici ?

Ses yeux d'ambre plongèrent dans les miens, ils étaient presque en feu.

— Alors, mon devoir sera de te laisser tranquille. C'est ce que tu souhaites, Madeleine ?

Je ne pouvais pas lui répondre, ne pouvais pas même essayer de mentir et dire oui. Pas tandis qu'il paraissait si brisé à côté de moi. Alors, au lieu de cela, je me tournai vers le chœur, car la musique démarrait, et des femmes commençaient à remonter la nef avec la mariée.

Mais Jericho n'en avait pas encore fini avec moi.

— Madeleine, je sais…

— Tu ne sais rien, murmurai-je. Maintenant, s'il te plaît… La cérémonie va débuter.

— Je suis venu te voir hier soir, mais tu n'étais pas chez toi. Il faut que je te parle.

Il m'avait cherchée ? Cela fit bondir un peu mon cœur, mais je le laissai attaché. Contrôlé. Dans un emballage.

— Tu as eu plusieurs années pour avoir envie de discuter avec moi, mais tu t'es abstenu. J'en ai marre de toujours t'attendre.

Alors, la mariée fit son entrée, et tous les yeux se tournèrent vers le fond de la pièce où Fiona, avec un sourire radieux sous son voile blanc, commençait sa lente marche jusqu'au dais où Nico l'attendait. Ils avaient tous les deux l'air incroyablement heureux, frais, jeunes et amoureux. Prêts à une nouvelle vie ensemble, à oublier les rancœurs passées et à regarder ensemble vers un nouveau futur.

À recommencer à zéro.

Si seulement on avait tous la même chance.

CHAPITRE 9

JERICHO

Depuis petit, je n'avais jamais vraiment aimé les mariages. Bien sûr, c'était l'occasion de retrouver des gens perdus de vue depuis longtemps et de manger du gâteau, mais la cérémonie et son ostentation ne m'intéressaient pas. Je n'avais jamais pensé à ma propre union. Mais assis à côté de ma compagne, ma douce Madeleine, assistant à une cérémonie traditionnelle depuis des générations ? C'était une tout autre histoire. Je contemplai chaque moment, prêtant attention à chaque détail. Je prévis qu'un jour, ce serait nous. Parce que ça finirait par arriver. Je devais simplement obtenir son pardon d'abord.

Difficile à envisager puisqu'elle ne me regardait pas.

Vingt minutes après, je me rendis compte que de la pâtisserie aurait dû nous être servie, et c'était l'heure de devenir grincheux à cause du manque de nourriture et d'une cérémonie trop longue. Je me glissai plus près de Madeleine et murmurai :

— Ils ne devraient pas avoir fini depuis le temps ?

Elle sursauta un peu, comme si je l'avais surprise.

— Chut. C'est bientôt terminé.

Ce n'était pas assez rapide.

— Mais c'est si long.

Enfin, ma copine se tourna vers moi, ses dents cachées derrière sa lèvre inférieure comme si elle retenait un sourire.

— Tu es trop impatient aujourd'hui.

Je n'avais jamais été du genre à rater une opportunité quand elle se présentait.

— Je veux du gâteau. Ton gâteau.

Me penchant plus près, je balayai les cheveux sur son épaule et déposai un baiser sur son oreille.

— Ta douceur.

— Arrête.

Mais elle ne le pensait pas. Le rose affleura à ses joues, aussi doux que l'étaient ses yeux. Ils étaient gentils, aussi. Un peu désireux. Du moins, je l'espérais, pour la dernière partie.

— J'ai conscience que je vais devoir beaucoup me rattraper, mais…

— Levez-vous, s'il vous plaît.

Le prédicateur appela, sa voix explosant dans les haut-parleurs et me coupant la parole.

— Accueillons le tout jeune couple de Kinship Cove. M. et Mme Nico Bertolf.

Nous nous levâmes, nous applaudîmes et nous célébrâmes alors que les jeunes mariés se précipitaient dans l'allée centrale. Cérémonie terminée. C'était l'heure du dessert. Mais avant que j'aie le temps de demander à Madeleine si je pouvais l'accompagner au lieu de réception, je dus me confronter à une mauvaise surprise.

— Jericho. Je suis content de vous voir en forme.

Spencer se tenait au bout de l'allée, une petite femme à côté de lui. Je n'eus même pas besoin de scruter autour de moi pour savoir que Parker arrivait vers moi. Il n'y avait pas moyen que ce connard soit là pour être amical.

Et je ne souhaitais que du gâteau et d'un peu de temps avec ma compagne.

— Spencer.

Je fis un pas vers lui, poussant le banc et le forçant à regarder vers le milieu de l'église. Loin de ma compagne et de ses sœurs.

— J'espère que vous avez apprécié la cérémonie.

Une sorte de sourire méchant s'insinua sur son visage hirsute.

— Oh, j'ai apprécié ! Pourtant, vous sembliez un peu distrait. Drôle d'histoire, la plus jeune des sœurs Chance qui était presque assise sur vos genoux.

Voilà qui rendrait un mariage plus agréable : mettre ma compagne sur mes jambes et glisser mes mains sous sa jolie robe. Mais il ignorait que Madeleine était ma compagne, et ses mots impliquaient quelque chose qui faisait bouillir mon sang.

— Il n'y avait personne sur mes genoux, Spencer.

— J'aurais pu m'y tromper. Vous aviez l'air terriblement… intimes tous les deux.

Et simplement comme ça, je vis comment cela se passerait. Spencer laisserait entendre que Madeleine était une prostituée ou que j'avais un genre de relation tabou avec une fille qui avait la moitié de mon âge. Il creuserait dans notre liaison, découvrirait qu'elle vivait dans ma maison de famille et déclarerait probablement que nous avions mêlé nos intérêts à ce moment. Je ne pensais pas que qui que ce soit le croirait, alors, lui coller mon poing dans la figure pour avoir osé penser à cela semblait juste et loyal. Mais il y avait un problème dans mon plan.

S'il fouillait dans l'histoire de Madeleine, il était susceptible de découvrir son secret, qu'elle vendait ses culottes sur Internet pour gagner de l'argent.

Que toute la ville en soit informée la détruirait.

La blesser parce que mon travail impliquait des relations avec des types comme Spencer n'était pas près d'arriver.

J'avais besoin d'une diversion.

— Je suis désolé, déclarai-je, dirigeant mon attention sur la femme à côté de Spencer, je ne me suis pas présenté. Je suis Jericho…

— Elle sait qui vous êtes. (Spencer attira la femme – je devais supposer que c'était sa compagne – contre lui.) Et elle n'a pas besoin de vous parler.

Traiter sa compagne comme un objet plutôt qu'une personne. J'aurais pu être surpris, mais c'était cohérent avec la personnalité.

— Je pensais que la dame pouvait choisir elle-même avec qui discuter.

— Et je dis que je décide à qui ma compagne est digne d'adresser la parole.

Les femmes autour de nous, métamorphes comme humaines, eurent toutes l'air de prendre une profonde respiration et de reculer d'un pas, comme si ses mots en avaient frappé la plupart. Bien. Qu'elles voient ce qu'il était vraiment.

Cela valait peut-être la peine d'attendre le gâteau.

— Je pense que votre compagne est tout à fait digne de me parler. En réalité, je crois qu'elle mérite d'avoir ses propres opinions sur les gens autour d'elle et de prendre ses propres décisions. N'est-ce pas, madame ?

— Ne lui causez pas. (Le visage de Spencer était devenu rouge, et ses yeux brûlaient de rage alors qu'il s'interposait entre sa compagne et moi.) Je ne veux pas qu'un homme qui a jugé bon de se frotter à une coquine pendant une cérémonie religieuse souille ma compagne.

Et maintenant, il y avait des choses fausses dans cette phrase. Mes décisions ne pouvaient salir quelqu'un d'autre, car je n'avais pas eu l'opportunité de me frotter tout entier sur ma compagne. Cependant, j'aurais saisi l'occasion si elle me l'avait donnée. Il avait également prétendu que Madeleine était une coquine. C'est cette dernière allégation qui me fit perdre mon calme. Parce que, bien sûr…

— Ne l'insultez pas comme ça. Je ne vous laisserai pas la mépriser.

— Si elle accepte que vous soyez aussi impudent pendant un mariage, alors, qu'est-elle ? Peut-être que vous devriez passer votre temps à chercher une compagne plutôt que...

— Il en a déjà une.

Madeleine passa à côté de moi, son dos droit comme une flèche et une expression sévère sur son beau visage. Je compris soudain le désir de Spencer de tirer sa compagne derrière lui, mais je m'abstiendrais. Madeleine me tuerait... ses sœurs aussi... *ma* sœur aussi.

Pourtant, s'il avançait ne serait-ce que d'un pas vers elle, je ne répondais de rien.

Spencer lança un œil noir à Madeleine, l'air presque furieux de devoir lui parler.

— Balivernes, le maire n'a pas de petite amie, et tu n'as aucun droit de m'adresser la parole, petite fille.

Mon grognement m'échappa inconsciemment, et je dus me battre pour ne pas passer devant Madeleine. Plus ou moins. Enfin, je fis peut-être un pas de côté pour pouvoir la bloquer avec mon épaule.

— N'osez même pas...

— Je ne suis pas une petite fille, et je vous parlerai si j'en ai envie.

Madeleine me poussa presque pour passer, fixant Spencer avec un regard d'acier. Un de ceux qui, je le savais, ne pouvaient amener que des problèmes.

Je la déplaçai encore derrière moi, sans quitter des yeux le lion-garou.

— Vous devez reculer, Spencer.

Il pointa Madeleine du doigt et cracha :

— Et vous devez contrôler cette petite traînée avant que je m'en charge à votre place.

Madeleine poussa un cri de surprise comme toutes les autres femmes, mais le son ne représentait rien en comparaison avec le rugissement que je fis éclater. Une rage comme je n'en avais jamais connu explosa en moi, loin d'un niveau que je pouvais contrôler. Mon ours perçait presque à travers ma peau, rugissant longtemps et fort au déchet devant moi. Toute la pièce trembla quand nos pattes touchèrent le sol et que nous nous approchâmes de notre ennemi.

Spencer trébucha en arrière, emportant sa compagne avec lui. Il avait les yeux grands ouverts et remplis de peur. Je ne me changeais plus beaucoup, surtout pas en public, alors il n'avait probablement aucune idée de la bête qui sommeillait en moi. Du pouvoir qu'avait l'animal. Il n'avait vu que mon côté humain, car j'avais une image à tenir, une ville à soutenir. Je devais être perçu comme une personne abordable même si, à presque deux mètres quinze de hauteur, j'étais bien au-dessus d'eux. Spencer ignorait certainement que les gens craignaient mon ours surtout à cause de sa taille.

Une réalité qui pouvait s'avérer utile alors que je m'approchais de sa forme finale avec mes dents visibles et mes griffes frappant le sol.

Du moins, jusqu'à ce que ma sœur m'arrête.

— C'est assez, dit Parker en se glissant derrière moi et en jetant un œil noir au lion-garou.

— Vous avez insulté un membre respecté de notre communauté et fait des sous-entendus sur mon frère et sa compagne qui sont tout simplement faux. C'est le moment pour vous de partir.

— Il a perdu tout contrôle, indiqua Spencer d'un air presque paniqué en regardant vers moi. Vous ne savez même pas maîtriser votre bête. Vous n'êtes pas apte à diriger.

Je bondis vers lui, atterrissant dans un bruit sourd qui manqua de renverser trois bancs, et poussant un rugissement. Spencer comprit et courut vers la porte en traînant sa compagne derrière lui. *Derrière lui*, comme si ce qu'il voyait entre lui et moi était une menace. Quel lâche !

— Allez, mon grand, lança Parker, me poussant vers le fond de la pièce quand Spencer fut hors de vue. On doit te trouver un endroit discret où retrouver ta forme humaine et te rhabiller.

Je gémis, mais la suivis, balançant ma tête de droite à gauche en cherchant Madeleine. Elle était introuvable, cependant. En réalité, toutes les sœurs Chance l'étaient. Un élément qui ne me plaisait pas.

Parker trouva une pièce vide et m'y mena avant de courir récupérer les vêtements de rechange que j'avais toujours dans ma voiture ; les risques du métier. Les ours ne pouvaient pas garder leurs habits en se transformant. Seuls les dragons avaient cette faculté. Les chanceux. Quand elle fut revenue, je me changeai, porté par mes émotions. Incapable de me concentrer sur autre chose que ma compagne.

— Où est Madeleine ?

Mais Parker avait trop la tête ailleurs pour réfléchir à quoi que ce soit.

— C'était super. Tu as remarqué ces femmes qui regardaient ? Même les hommes avaient l'air dégoûtés des actes de Spencer. Qui traite encore sa petite amie comme ça ? Nous n'avons rien eu à gérer, il s'est fait passer lui-même pour un salaud en quelques secondes.

— Oui. C'est bien. Super. Où est Madeleine ?

— Partie.

— Partie ?

Elle était partie. Sans moi.

— Je dois la trouver.

Parker hocha la tête et tira sur ma chemise que je reboutonnais.

— Oui. Elle a été super aussi, non ? Si forte et sûre d'elle. Je ne pensais pas qu'il y avait cela en elle. Alors, oui, tu dois mettre la main dessus. Maintenant.

— Vraiment ? Je croyais que tu voudrais que je fasse un peu de… ménage.

— Mon cher frère, tu viens de devenir le plus grand mâle alpha pour toutes les femmes de Kinship Cove. Tu as montré à tout le monde pourquoi tu n'es pas seulement maire, mais chef de clan, et ce, avec une force indéniable. Je crois que tu n'as pas besoin de « faire le ménage ». Maintenant, va chercher ta compagne.

Alors, je partis. Le dessert pouvait attendre.

Mais quand j'entrai dans la salle de réception, ce fut un gâteau qui m'arrêta. Non, pas seulement un gâteau. Une putain d'œuvre d'art sous forme de pâtisserie.

— C'est toi, précisa Parker, ses yeux grands ouverts devant la montagne sucrée qui la regardait aussi. Elle t'a sculpté. Avec du gâteau.

Il n'y avait qu'une « elle » qui pouvait avoir réalisé ça. Une seule femme avec assez de talent et qui prêtait assez attention aux détails avait pu confectionner une œuvre d'art aussi glorieuse. Madeleine. Elle avait dû travailler des heures sur cet ours debout avec les montagnes derrière lui. Elle avait dû rester éveillée une nuit entière à fabriquer ça. Une foule s'était rassemblée autour du gâteau, poussant des « oooh » et des « aaah » en contemplant les détails. En se tournant vers moi et en se parlant bas les uns aux autres.

— Ils savent tous que c'est moi.

— Oui, confirma Misty en apparaissant à côté de moi, renard sournois. Et ils parlent tous de vous et Madeleine Chance devenant peut-être compagne et compagnon après toutes ces années.

Un grognement vrombit en moi.

— Ils n'ont pas intérêt à…

— Ne vous inquiétez pas.

— Vous ignorez ce que j'allais dire.

— Peu importe ; ne vous tracassez pas. Ils veulent vous voir installé, et ils aiment tous les sœurs Chance. Arrêtez de vous préoccuper à ce point des apparences.

— Je me soucie des salauds comme Spencer qui l'utilisent comme une arme et lui font du mal.

— Oui, enfin… Je suis presque sûre qu'elle peut prendre soin d'elle, comme elle l'a prouvé dans la pièce à côté. Et vous avez montré à tout Kinship Cove ce qu'il se passe quand on sous-entend que Madeleine Chance est autre chose qu'une femme extraordinaire. Bien joué, d'ailleurs.

— Merci.

Je glissai une main dans mes cheveux, observant tout le monde.

— Une idée de l'endroit où elle pourrait se trouver ?

— Avec Matilda.

— Ma… Qui ça ?

— Matilda.

Misty soupira en me voyant la fixer avec un regard vide.

— C'est comme ça qu'elle appelle la maison pourrie qu'elle a achetée. Elle est rentrée.

— Parfait.

Je pivotai pour partir, mais Misty m'arrêta en posant une main sur mon bras.

— Vous savez que vous avez merdé, pas vrai ?

— Oui, j'en suis conscient.

Et c'était vrai. Chaque parcelle de mon être le savait. Et j'étais prêt à rattraper ça.

— Vous devez vous racheter, suggéra Misty comme si elle lisait dans mon esprit.

Mais ses mots me donnèrent une idée ; cette femme connaissait mieux Madeleine que bien des gens. Elle passait chaque jour avec elle depuis qu'elles avaient ouvert leur pâtisserie en ville. Elle était une source d'informations inexploitée dans la conquête de ma compagne.

Et je n'allais pas tourner le dos à un tel cadeau.

— Je dois me rattraper. Et en sortant le grand jeu. Vous avez des idées ?

Le sourire de Misty devint un peu méchant, et elle croisa les bras sur sa poitrine.

— J'en ai, monsieur le maire. Mais d'abord, il faut que vous répondiez à quelques questions.

Je pouvais faire ça.

— Allez-y.

— Vous vous y connaissez en réparation de toit ?

CHAPITRE 10

MADELEINE

En rond. Je tournais en rond depuis ce qui me paraissait être des heures. Comment ce porc de Spencer avait-il osé me traiter de salope ? Pour qui se prenait-il ? Il avait de la chance que Jericho m'ait repoussée. Sinon, j'aurais frappé ce lion dans le nez. À la Dorothy Gale. Qui savait que les lions lâches existaient vraiment ?

Mais Jericho, dans toute sa splendeur d'ours, m'avait défendue. Il s'était changé là-bas, devant tous ces gens, et avait montré ses dents. Littéralement. Ça m'avait un peu abasourdie. L'homme n'avait jamais perdu le contrôle, ou son calme. Il ne montrait guère son côté le plus agressif. Du moins, je ne l'avais jamais vu réagir ainsi. Comme si une chose à laquelle il tenait vraiment était en danger. Vigoureusement belliqueux et prêt à se battre.

Au fond, une petite lueur d'espoir me laissait penser que peut-être, seulement *peut-être*, cette réaction violente était pour moi. Pour ma défense. Celle de sa compagne. Il m'avait appelée ainsi, et je l'avais cru, même s'il ne me traitait pas comme un petit ami devait le faire. Ou comme je l'imaginais. Peut-être que je m'étais trompée en en attendant plus de lui. Sans doute qu'il me donnait tout ce qu'il avait à offrir, et que c'était mon rôle de considérer que c'était assez.

Je n'avais jamais souhaité être une métamorphe plus qu'à ce moment, simplement pour savoir comment j'étais censée agir dans cette situation. Être humaine m'empêchait d'être préparée.

Mais en tournant au coin de ma rue pour rentrer chez moi, en retrouvant Matilda toujours pleine d'eau, toutes les pensées à propos de mon compagnon, de mariages et de métamorphes mal élevés qui devaient renouveler leur vocabulaire (sérieusement, qui utilisait encore le mot « traînée » ?) disparurent. Il y avait quelque chose sur mon toit. Quelque chose de grand et costaud qui causait probablement une masse énorme de dégâts au niveau du seul conduit de cheminée qui fonctionnait dans la maison.

C'était tout à fait ce dont j'avais besoin.

J'accélérai le pas, imaginant des dollars fuyants en considérant combien me coûterait de déplacer ce qui était tombé sur mon toit, peu importe ce que c'était.

Des centaines ? Des milliers ? Aurais-je même les moyens de payer ? J'étais déjà au fond du trou à cause de la toiture et du problème de plomberie qui avait provoqué l'inondation la veille. Du parquet et une nouvelle cloison sèche s'étaient ajoutés à ma liste de rénovations nécessaires, en plus des toilettes qui avaient décidé d'exploser sans raison. Je ne pouvais rien réparer de plus. Je n'étais pas en mesure de supporter la somme d'argent que cette maison me prendrait encore avant que je finisse par abandonner.

En m'approchant cependant, ce fut comme une gifle quand je me rendis compte que ce n'était pas *quelque chose* qui était sur mon toit, mais *quelqu'un*. Cela me renversa comme une voiture sans frein. Comme… un ours-garou enragé.

Jericho.

— Qu'est-ce que tu fais ? criai-je, levant la tête, une main protégeant mes yeux du soleil pour le regarder.

Pour tout contempler de lui. Des kilomètres et des kilomètres de peau bronzée, de cheveux et de muscles.

Mon Dieu, il était torse nu.

— Je répare le toit.

Ce n'était pas ce que je m'attendais à entendre, bien qu'il ne me soit jamais arrivé auparavant de me trouver face à l'ours-garou de mes rêves torse nu sur ma maison en rentrant chez moi.

Réalité alternative, une table pour une personne s'il vous plaît.

— Mais… pourquoi ? J'allais appeler Ralph Peterson.

— Ralph Peterson, et donc Peterson Roofing, n'a plus l'autorisation de travailler à Kinship Cove. C'est un voleur.

Jericho arrêta de taper pour diriger vers moi un regard que je pouvais ressentir d'où j'étais, deux étages plus bas.

— En plus, un homme devrait être fier de prendre soin de sa compagne.

Partenaire. Moi. Il s'occupait de Matilda pour moi. De ma maison pour moi. Pour… nous ? L'espoir en moi perça, voulant se faire plus chaud, plus brillant, et plus grand.

La peur et le doute le laissaient terne, cependant, m'empêchaient de prendre ses paroles au pied de la lettre.

— Arrête, s'il te plaît.

Jericho frappa encore un peu sur quelque chose là-haut, puis rampa jusqu'à une échelle appuyée sur le côté de la bâtisse qu'il descendit plus vite que mon cœur ne pouvait le supporter.

— Ne tombe pas, murmurai-je, incapable de me taire.

Son rire rauque m'interpella de derrière la maison, puis il arriva. Tournant au coin et se dirigeant vers moi. Torse nu, musclé et… scintillant. Et si costaud que mon cerveau vacilla presque comme un poulain qui se lève sur ses jambes tremblantes pour la première fois.

Ne bave pas. Tu vas seulement te couvrir de honte.

Jericho n'avait pas l'air étonné du tout que je le reluque sans me cacher. En réalité, pour tout dire, j'aurais juré qu'il avait un sourire arrogant quand il me regardait me battre contre l'instinct de toucher, goûter et griffer.

— Les deux pieds sur Terre, déclara-t-il quand il s'arrêta enfin devant moi.

— Bien. Maintenant…

— Je pensais chacune de mes paroles.

Il attrapa ma main et la posa sur sa poitrine, nous unissant. Il m'attira plus près de lui et me toisa de haut en bas avec une expression délicieuse sur le visage.

— Un homme devrait être fier de prendre soin de sa compagne, et j'ai raté ça.

— Jericho, tu…

— Madeleine Chance, tu es ma compagne. La seule et l'unique. La raison pour laquelle mon cœur bat et le jour se lève tous les jours. Je le sais depuis bien trop longtemps, mais je luttais contre cela en pensant que c'était le mieux pour toi. Ce n'était pas bien. Je veux réparer le mal que j'ai fait. J'ai envie de te montrer que je peux être, et serai, un bon compagnon pour toi.

Mon cœur. S'arrêta.

— Ne prétends pas tout cela seulement pour le retirer.

— Jamais. Je ne laisserai plus jamais quoi que ce soit se mettre entre nous.

Il s'approcha encore, pressant sa peau chaude et ses muscles contre moi. Me regardant avec une expression si sincère sur le visage.

— Ce sont mes excuses… Mon signe de bonté. Je suis désolé de m'être comporté comme un idiot. Je suis navré de ne pas m'être suffisamment fié à ta force pour te parler de gens comme Spencer afin de prendre le problème de front. Je suis désolé de t'avoir fait attendre que je pense aux autres pour te demander comme petite amie. Mais surtout, je suis tellement navré de ne pas t'avoir prêté assez attention pour remarquer que tu avais besoin de moi. J'ai déçu ma compagne, et je travaillerai dur tous les jours pour rattraper cela.

L'espoir était une chose rusée. Peu importe combien j'essayais de la refouler, cette lueur arrivait à s'échapper. Et elle grandissait, énorme et rayonnante, si chaude qu'elle réchauffait tout mon corps. Si grosse que même mon cœur en ressentait le poids. L'espoir et Jericho étaient une combinaison dangereuse, par ailleurs.

— Tu ne me mérites pas.

Ses lèvres s'écartèrent en un demi-sourire.

— Je ne contredirai jamais ça, et ma sœur serait totalement d'accord avec toi. Mais je vais essayer, ma douce. Je tenterai chaque jour de gagner ton amour si tu me le permets.

J'en avais envie, alors je m'appuyais plus fort. Pressant toute la longueur de mon corps sur lui en disant :

— Peut-être.

Les mains sur mes hanches, Jericho me serra énergiquement. Me tenant de manière que l'arête dure de son sexe soit calée contre mon ventre.

— Peut-être ?

— Ça dépend, si les réparations du toit tiennent.

— Bien sûr que ça va tenir !

— On verra, éludai-je en haussant les épaules, amusée par ses sourcils qui s'élevaient et ses yeux qui s'assombrissaient. Matilda est forte.

— Et moi, encore plus.

— Plus fort que mon toit ?

— Oui.

— Prouve-le.

Il m'attrapa dans un grognement et me porta jusqu'au porche d'entrée, emprunta les marches deux par deux pendant que je riais dans ses bras. Mon homme, grand et costaud. Mais quand il ouvrit la porte, je dus l'arrêter.

— Il se pourrait que tu veuilles attendre.

— Pourquoi ? demanda-t-il, en n'ayant pas l'air de vouloir s'interrompre.

— Une cuvette de toilette a explosé.

— Pardon ?

— Une cuvette de toilette. Au deuxième étage. Il a explosé. Tout doit être encore mouillé.

— La seule chose que je veux savoir mouillée, c'est toi, ma douce.

Ouaip. Les parquets abîmés pouvaient aller se faire voir.

— Alors, sens-toi libre de t'en occuper.

Il ricana et entra, mais sa prise s'amplifia quand il franchit le seuil de la porte d'entrée de Matilda, et son grognement devint plus sombre. Plus profond. Presque effrayant.

— Il y a encore une chose, Madeleine.

Mon nom en entier. J'aimais cela.

— Quoi ?

— Ta vente de sous-vêtements, c'est fini.

— Jericho…

— Non. Je ne peux pas supporter d'imaginer d'autres métamorphes qui jouissent grâce à l'odeur de ton intimité. C'est à moi d'en profiter.

Il me poussa contre le mur et se mit à genoux, ignorant le bruit du bois trempé qui se courba sous son poids. Il glissa ses mains le long de mes collants pour lever ma robe afin de voir le morceau de tissu en question. Faisant courir ses doigts sur les bordures en dentelle que je n'avais portées que pour lui cette fois.

— C'est si beau.

— C'est à toi, annonçai-je, consciente qu'il avait besoin de l'entendre.

Il requérait ma permission. Sa réponse, un grondement, m'indiqua que j'avais choisi le bon mot tout comme ses mains pressées qui saisirent les bords de ma culotte et l'enlevèrent.

— Tout à moi.

Il s'immisça plus près, la dentelle coincée dans ses doigts, posée sur ma hanche, son nez glissant près de mon sexe.

— Je tuerais pour cette odeur, ma douce. Tu ne sais pas à quel point j'ai failli le faire quand ce type à la librairie portait ton odeur. L'idée d'un autre gars…

— Seulement toi, insistai-je, tirant sur ses cheveux pour qu'il me regarde. Seulement toi.

— Seulement moi... et je n'ai pas réussi à être suffisamment un homme pour choisir un endroit parfait pour notre première fois. J'ai dû te prendre sur une table de pique-nique.

— J'ai aimé.

Il écarta mes jambes, un sourire vicieux sur le visage quand il me regarda.

— Moi aussi. Mais tu mérites mieux.

— Je ne veux que toi.

— Tu m'as.

Un baiser. Doux et délicat juste sur mon pubis, son menton appuyant là où j'en avais le plus besoin, ses mains m'entourant et me tenant en place. Quel avant-goût !

— Si la maison nécessite des réparations, je m'en occuperai. J'emménage à la seconde où tu me le permets, pour que j'en prenne soin comme il faut. Et si tu as besoin d'argent pour autre chose, tu peux me vendre tes culottes.

— Tu veux me les acheter ?

Il mordit le morceau de tissu en question, afin de bien se faire comprendre.

— Absolument toutes.

— Je te les donnerai gratuitement, tu sais.

— Tant que tu n'en portes pas.

— On peut s'arranger.

— Tant mieux. Parce que j'ai l'impression que je vais avoir envie de ce goût sur ma langue chaque jour.

Il écarta mes lèvres et me lécha de bas en haut, jusqu'au clitoris, grognant doucement en s'enfonçant. En poussant mon corps contre le mur, et en m'obligeant à rester debout et à subir ses assauts. Et j'endurai, sans soucis, sa langue, ses vibrations et ses aspirations jusqu'à ce que je jouisse, juste là, dans l'entrée de ma maison. De la maison que nous allions partager. À l'endroit où j'avais rencontré pour la première fois l'ours-garou que j'avais toujours considéré comme mon compagnon idéal.

ÉPILOGUE

MADELEINE

Je m'arrêtai devant la librairie et garai ma voiture. Cela faisait longtemps que je n'étais pas venue pour autre chose qu'acheter des livres, mais quand votre client préféré vous demande une faveur, vous acceptez. *Le client est roi.*

Je regardai l'heure avant de sortir. J'avais deux minutes d'avance à notre rendez-vous. Vous parlez d'en finir vite, mais je n'avais pas de temps à perdre, avec les élections qui arrivaient, la rénovation de Matilda, et l'augmentation d'activité à la pâtisserie depuis quelques mois. Mes sœurs et moi étions plutôt occupées, nos compagnons aussi. Pas une seconde à perdre.

J'opinai du chef à l'intention de la vieille dame au comptoir, la même que je saluais de la tête et à qui j'achetais des livres étant petite, et me précipitai en haut des marches. Là-haut, dans les sections livres d'occasion et matériel de recherche désuet, j'avais vendu mes culottes à un homme qui ne s'appelait pas Ryder. Son vrai nom était en réalité Clark, et il aimait les barres au caramel, le café léger et les renards-garous malicieux.

Mais c'était une histoire pour un autre jour.

Des pas dans l'escalier firent bondir mon cœur. Il semblait que les deux minutes étaient passées, ce qui voulait dire que je devais me préparer à entrer en scène. Je me glissai dans un coin sombre et attendis, sachant qu'il me trouverait. Qu'on ne pouvait pas échapper à l'odorat d'un métamorphe. Que je ne voulais pas m'y soustraire de toute façon parce que cette affaire... Cela représentait trop d'argent pour que je passe à côté.

— Je peux presque goûter ton excitation.

Cette voix... Elle ne me laissait pas indifférente. Elle m'avait toujours fait quelque chose. Il n'avait pas besoin de dire des choses coquines, même si j'aimais ça aussi. Il n'avait qu'à laisser sa voix rouler sur moi, et il m'avait. Toujours.

— Trouve-moi, et tu pourras changer ton « presque » en « littéralement ».

Le rire intense de Jericho rencontra mes oreilles, et je le vis aussitôt. Il portait sa chemise bleue, celle qui rendait ses yeux encore plus dynamiques qu'habituellement. Celle que j'avais rangée dans un coin particulier de notre armoire partagée pour qu'il sache que c'était celle que je préférais. Celle que je lui avais demandé d'amener à la pâtisserie afin de réaliser le même bleu sur les cookies qui allaient célébrer son élection.

Les pâtissiers font de la pâtisserie. Les hommes politiques... Eh bien, aujourd'hui, il allait acheter ma culotte directement sur moi.

— Bonjour, mon beau.

Je souris quand il se tourna dans ma direction, ses yeux s'éclairant à ma vue. J'avais aussi choisi une tenue à un endroit particulier du placard. Une qu'il enlèverait avec soin. Qu'il avait élue comme une de ses préférées. Une robe qui allait jusqu'aux genoux avec des motifs à point légers et un col en V. Qui m'enroulait et me serrait. Qui lui offrait un accès facile dans les moments comme celui-ci.

— Ma douce.

Jericho m'attrapa et me tira contre sa large poitrine, me soulevant du sol quand il m'embrassa. Un baiser fort et puissant, tellement parfait.

Je soupirai quand il descendit dans mon cou.

— Combien de temps avons-nous ?

Il avait déjà les mains sur ma ceinture.

— Vingt minutes, au mieux.

— On aurait dû faire ça à la maison ; on n'avait pas besoin de perdre dix minutes sur la route.

— C'est vrai, mais j'aime les défis.

Il me sourit avant d'enlever ma robe, grognant en voyant le soutien-gorge et la culotte en dentelle bleue que je portais rien que pour lui. Qui s'accordaient parfaitement à sa chemise que je préférais.

— Regarde-toi. Qu'ai-je bien pu faire pour recevoir une telle faveur des destins ?

Tellement de choses, mais ce n'était pas le moment de les énumérer. J'avais besoin de mon compagnon, et lui de finaliser notre transaction.

— Tu as de quoi payer ?

Ses lèvres s'écartèrent encore, et il plongea une main dans sa poche arrière, pendant que l'autre glissait pour enlever ma culotte.

— Je suis un homme de parole.

Il l'était. Il l'était vraiment.

— Prouve-le-moi.

La lueur dans ses yeux devint vicieuse.

— Tu me montres, je te montre.

Je n'étais pas du genre à refuser un défi. Je me courbai un peu, me laissant assez de place pour passer mes pouces dans la dentelle autour de ma taille et la retirer. Je gardai mes yeux dans les siens en me penchant pour l'enlever d'une jambe puis de l'autre, et maintins nos regards bloqués en levant le tissu pour l'amener face à son visage, le laissant tanguer sur un doigt.

— Je suis une femme de parole.

— Ma femme.

— Oui.

— Ma femme qui veut un chat.

— Aussi, oui.

— Matilda risquerait de le manger.

— Matilda t'adore et est heureuse, comme un poisson dans l'eau, de savoir que tu vis de nouveau entre ses murs.

— Elle a l'air de m'apprécier.

Euphémisme. La foutue maison l'adorait. Si les lumières devaient ne pas fonctionner, c'était quand j'entrais dans la pièce. Si nous devions ne plus avoir d'eau chaude, c'était pendant ma douche. Jamais avec Jericho. Le seul traitement spécial dont je semblais bénéficier, c'était quand je préparais notre mariage à venir. Matilda aimait ça, allumait les lumières pour moi et émettait de petits sons grinçants, joyeux, quand sa vieille charpente bougeait. La maison souhaitait que l'on se marie, la ville aussi.

Bientôt. Très, très bientôt.

Jericho sortit son téléphone et fit défiler quelques photos avant de le tourner vers moi

— Ce petit gars est au refuge derrière les montagnes depuis six mois. Personne ne semble en vouloir parce qu'il est peureux et handicapé d'une patte. Il arrive à Kinship Cove maintenant, pour que tu voies s'il est celui qu'il nous faut.

Je souris, sautant dans les bras de mon compagnon.

— Merci.

Jericho attrapa mes fesses et me souleva, m'obligeant à entourer sa taille de mes jambes.

— Remercie-moi avec plus que des mots, ma douce.

Je gloussai en glissant mes mains entre nous, écartant mes hanches des siennes pour enlever son pantalon. Et je lui rendis grâce, longtemps, fort et énergiquement jusqu'à ce qu'il n'en puisse plus de ma bouche et qu'il me mette sur toute la longueur de son corps. Et il me gratifia de trois orgasmes, puis grogna en jouissant à son tour. Avant de prononcer mon nom en haletant quand il me pénétra de nouveau, me plaquant contre une pile de livres poussiéreuse, avec ma culotte dans la main.

— Bon, dis-je après avoir repris ma respiration, c'était sympa.

Il ricana, cachant son visage dans ma poitrine pour pouvoir embrasser et lécher la pointe de mes seins.

— On devrait s'adonner à ça plus souvent.

— Je ne suis pas sûre que tu aies de quoi acheter mes culottes plus souvent qu'actuellement.

Parce qu'il le faisait, il me les payait chaque semaine, avec des petits cadeaux et des surprises, avec des réparations pour Matilda et des expériences pour moi. C'était ce que je préférais, quand il me rémunérait avec son temps. Il était si limité avec les élections qui approchaient. Spencer n'avait pas abandonné l'idée de déshumaniser mon compagnon, mais il n'y avait pas vraiment réussi non plus. Surtout pas quand il avait essayé de m'utiliser pour détruire Jericho. Mon compagnon avait montré son vrai côté mâle alpha, tonnant dans toute la ville et donnant une leçon à tous les habitants de Kinship Cove, que j'étais la limite à ne pas dépasser.

Il avait eu plus que mes culottes pour ça.

Jericho m'embrassa tendrement, ses mains caressant toujours mes courbes.

— Encore deux semaines avant l'élection.

— Et encore deux semaines après cela jusqu'au mariage.

— Je t'épouserais maintenant si je le pouvais. Aujourd'hui. À cette seconde.

Il ne mentait pas.

— Après les élections. Je veux toute ton attention pour notre lune de miel.

— Tu comprends. Toujours.

Et je le comprenais vraiment. Pendant encore six minutes.

— Tu penses pouvoir me faire jouir encore avant de partir ? demandai-je en me pressant déjà vers l'endroit qui grognait pour moi.

Il rugit et se pencha pour un baiser, me poussant contre la bibliothèque, son corps contre le mien.

Où nous restâmes encore cinq minutes et demie.

Cet homme n'était pas du genre à refuser les défis.

Merci d'avoir pris le temps de lire *Un ours tout sucre tout miel*. J'espère que vous avez aimé Madeleine et Jericho, mais vous souhaitez connaître la suite ? Peut-être voudriez-vous découvrir ce qui arrive quand un renard plein de malice rencontre sa compagne ? Découvrez *Un Renard Gvré*, le prochain tome de la série *Kinship Cove* et le début de la mini-série *Câlins & Café*.

À PROPOS DE L'AUTEUR

Conteuse d'histoires depuis qu'elle a appris à parler, l'autrice de best-sellers Ellis Leigh, reconnue par *USA Today*, a grandi entourée de légendes familiales parlant de hantises, de médiums et d'amour qui dure des décennies. Ces histoires n'avaient pas toujours les fins les plus heureuses, mais elles l'ont inspirée pour écrire des histoires parlant de la vraie vie, du véritable amour, et des difficultés qui y sont liées. Des fermiers aux loups-garous, des employés de magasin aux sorcières – s'il y a de l'amour dans l'air, elle en écrira l'histoire. Ellis vit dans la région de Chicago avec son mari, ses filles, et un berger allemand qui refuse de s'éloigner d'elle.

Ellis écrit également des romances à suspens sous le pseudonyme de Kristin Harte, des enquêtes policières paranormales sous le pseudonyme de Millie Thorne, et de courtes histoires érotiques thématiques avec l'autrice Brighton Walsh sous le pseudonyme de London Hale.

www.ingramcontent.com/pod-product-compliance
Lightning Source LLC
Chambersburg PA
CBHW031023190726

48286CB00003BA/995